いち子

久嵜掬子

HISAZAKI
Kikuko

文芸社

いち子　目次

第八章　人生の儚さを想う

この作品は、昭和平成の時代を背景にした小説です。そのため、現在ではあまり使われなくなった言葉を使用している場合がございます。ご了承ください。

第一章　生い立ち

いち子誕生

安曇野は、長野県中央部に広がる松本盆地に位置し、梓川、烏川、黒沢川、中房川があり、灌漑が発達した水田地帯である、北側は北アルプス山脈が聳え、人々はこの美しいアルプス風景をこよなく愛し育んで生活している。

豊科村の上條家は、代々村長を務め現当主の定吉は、人望厚く人一倍の働き者であった。定吉、佳代夫婦の間には五人の子供があったが、上四人までは女の子ばかり、五人目にようやく男の子に恵まれた。「幸男」と名付けられ大切に育てられた。

長じて松本の農業高等学校を優秀な成績で卒業した。当時、長男は「家の後継」と決まっていて次男以下は自由に職業を選ぶことができた。多くの若者は、軍隊特に海軍は憧れの的であり志願するものが多かった。幸男は父の後を継いで安曇野の発展に情熱を注ぎたいと思った。年頃になると、父が村長をしている関係で、あちこちとそれ相応のところから縁談があったが何となく結ばれなかった。幸男は今年の春にはちょうど二十六歳を迎えるので、そろそろ身を固めようと思っていた。そんな折、助役の鈴木幸助氏が縁談をもってきた。

相手の女性の名前は清沢美根。助役の遠縁に当たり、穂高村に住んでいる。年は十九歳、評判の美人で色白、中肉中背、性格は優しくてしかもしっかり者、一つだけ難点は小作人の娘ということであった。

定吉は息子にこの縁談を話した。

「どうだお前、助役がもってきた縁談だ。知らん顔もできん。一度会ってみないか？」

「僕は会ってみたい」

幸男はいつもなら曖昧な返事をするのだが、何故か今回は乗り気であった。

見合いは一月吉日、上條家で行われた。幸助氏は盛んに美根のことを褒めた。

「美根さんは、穂高村でも評判の美人で学校の成績も良い。中学だけで終わるのは非常に惜しい。先生は高等女学校に進学するように勧めてくれたが、弟妹も多く両親にこれ以上経済的な負担をかける訳にはいかないと言って、きっぱりと諦めた。

その代わり、松本の資産家の家に奉公に出て、働きながら洋裁学校に通わせてもらい、きっちりと洋裁の技術を身につけることにした。期間は二年であった」

洋裁学校も修了し、奉公も約束の二年が来たので美根は奥さんに申し出た。

「奥さん、お約束の二年が過ぎました。私は実家に帰って母を助け、弟や妹の面倒を見なければなりません。至らぬ私を励ましてくださり優しくして頂いた御恩は決して忘れません。本当に有難うございました」

「早いわね。もう二年になるのね。よく頑張ったわ。美根さんは努力家で優しいし、器量よしだし申し分のない人よ。もう少しここにいて働いてくれたら、嫁入り先も良いところを見つけてあげるのに残念だわ」

美根は資産家の奥さんに大変惜しまれながら、そこを辞して実家に帰った。

鈴木幸助氏はこのように美根の履歴をあらかじめ紹介しておいた。

さて、幸男はといえば、虫の知らせか、今回の見合いはまだ相手と会わないうちから、「これで決まる」と予感していた。幸男は初めて会った時、うつむき加減の美根の横顔と白いうなじを見ただけで、「俺はこの人と結婚する」と決めた。

父親の定吉は、「お前が決めたのならそれが一番良い。それに助役にも顔が立つ」と賛成したが、母親の佳代は不満でろくに口も利かなかった。

「上條家の長男は、もっと良い家柄の娘を貰うべきであって、よりによって小作人の娘を貰うとは……」と怒ってものも言わなかった。

しかし、何といっても家長が絶対の権力を持っている世の中、この縁談はとんとん拍子に進んだ。

昭和五年四月下旬、桜の花が満開の頃、結婚式を挙げた。幸男二十六歳、美根十九歳であった。そして翌年（昭和六年）三月、二人の間には玉のような女の子が生まれ、「いち子」と名付けられた。昭和六年といえば満州事変が起こり日本国は騒然となったが、のどかな安曇野の生活はあまり変わらなかった。結婚に大反対であった佳代は嫁の美根には辛く当たったが、いち子を大変可愛がった。いち子は祖父母、両親、大勢の小作人のいる上條家で何不自由なく大切に育てられた。

祖父（定吉）の死

昭和十五年まだ春浅い三月、定吉は朝日に輝く常念岳に、とっくりを手にした坊さんの雪形を見つけた。「そろそろ田植えの準備に取りかからねば」と思っていた。

翌朝、急に激しい腹痛、嘔吐、腹部膨満感があり苦しんだ。生憎、幸男は役場の出張で名古屋に行き留守をしていた。佳代は症状が激しいので、医者を呼ぶよりも少しでも早く豊科の医療所に連れていって手当てをした方が良いと思い、男衆を呼びにやった。

美根は定吉の手を握って励ました。やがて男衆が五人ほどやってきた。そのうちの一人が言った。

「腹を冷やしたからだ。腹を温めた方が良い」と言って、急いでこんにゃくを数個温めてそれを腹に巻き、トラックの荷台に布団を敷いて定吉を寝かせ、なるべくそっと豊科の医療所に連れていった。豊科医療所の医師は厳しい口調で言った。「腹は冷やすべきであった」と。熱は三八度もあり、すでに意識は朦朧状態で、大声で名前を呼べばうっすら目を開けた。医療所の医師はすぐに松本医学専門学校の病院に入院治療の必要があると考え、色々と連絡を取り、医師の付き添いのもとに、点滴をしながら松本医学専門学校の病院まで運び入院させたが、意識は戻らず翌朝早く息を引き取った。

この時、いち子は十歳であった。急な出来事で、祖母や母がどうしたら良いかオロオロしている姿がずっといち子の脳裏に残っていた。その時いち子は将来看護婦になろうと思った訳ではない。やがて将来の進むべき道を決める時、迷わず看護婦になると決心したのは、この光景がいち子の脳裏に焼き付いていたからであろう。

日本の敗戦及び祖母の死

昭和十六年十二月八日、太平洋戦争が勃発した。

日本は初め戦勝ムードに沸いていたが、戦況は段々と厳しくなりやがては日本国内も空襲を受けるようになった。のどかな安曇野も若い男は戦争に徴集され、年寄り、女、子供ばかり残るようになった。

昭和二十年一月、とうとう幸男にも召集令状が来た。美根は必死に涙を堪え村人たちと共に笑顔で見送った。美根はこの離別が永遠の別れになるとは思ってもみなかった。

幸男は内地にいる時は、小まめに葉書を寄こしたが、四月付けの葉書に、「近々、南方方面に行く」とだけ書いてありこれが最後の便りであった。

その後は、本土の空襲も一段と激しくなり、八月六日は広島、次いで九日は長崎に原子爆弾が落とされ、一瞬にして大勢の人が亡くなった。

昭和二十年八月十五日、天皇陛下の玉音放送により日本国民は敗戦を知った。

その年の秋、義母の佳代は、夕食後「気分が悪いので、早めに休む」と言って、二階に上がっていった。佳代は血圧が高いので、その薬を診療所で貰っていたが、その他はいたって元気であった。翌朝、佳代がなかなか起きてこないので、美根は様子を見に二階に上がった。

「お義母さん、お義母さん」と呼べども返事はない。すでに手足は冷たくなっていた。

思えば義母は、私にずっと辛い仕打ちをしてきた。嫁いできた当初は特にひどかったが、最近はめっきり嫁の美根に頼っていた。私に何ら介護の手間をかけないで、そっと天国に逝ってしまったことは、私に対するお詫びであろうか？

美根は一人このように考えながら、丁重に義母の葬儀を出した。

農地改革

アメリカ進駐軍の方針で、日本の農家の土地は農地改革が行われた。地主であった上條家も全農地の半分を小作人に分け与えた。

夫の生死も分からないまま四人の子供を抱え、美根は途方に暮れた。戦後は農村の主婦たちの間で、服装感覚も少しずつ変わり、和服よりも動きやすい洋服を着るようになった。

美根の作る洋服は、着やすく上手だと評判で、村の主婦ばかりでなく隣村からも洋服の注文があった。美根はお蔭で少しずつ現金収入が増えて子供たちの学費に充てることができた。

その頃になると、あちこちに戦地から復員して来るようになり、美根は「夫はいつ帰って来るのだろう」と待ち焦がれていた。

戦後二年経った昭和二十二年八月のある日、美根は厚生省から、速達で小さな小包を受け取った。嫌な予感が頭をよぎった。開封すると案の定、白い布に包まれた小石が二個と、白い紙に毛筆で「上條幸男（享年四十一歳）昭和二十年三月　サイパン島において死す」と小さく書かれた紙が入っていた。

美根は「夫はきっと帰って来る」と信じていただけに、ショックは大きく嘆き悲しんだ。

美根は村の寺に頼んで夫の位牌を作り親戚や村人たちも集まって簡単な葬式を行った。

美根は仏壇にお参りする時、「子供たちには何としても高等教育を受けさせる」と誓った。

この時、いち子は高校二年生（十七歳）であった。

葬儀の終わった夜、いち子は母と二人だけになった時に言った。

「母さん、私は来年卒業なの。父さんが亡くなり、母さんはこれから大変だから、私は看護学校に行くのを止めて、松本に出て働こうと思っているの」

それを聞いて美根は強い口調で言った。

「何言っとるだね。これからの世の中は女性といえども、専門学校を出てきちんと資格を取るべきですよ。そうすれば例え結婚して夫に万が一のことがあっても、就職できるし生活も安定する。お前はお祖父さんが亡くなった頃から、看護婦になりたいと言っていたのだろう。母さんはどんなことがあっても、お前を高等看護学校まで行かせてあげるつもりだよ」

いち子は美根の口調に激しい決心のようなものを感じた。

「母さん、有難う、私は絶対に頑張る」

母娘は固く手を握り合って涙した。

第二章　青春時代

看護婦になる

いち子は高校を卒業すると高等看護学校に進学した。三年間の課程を終えると、国家試験を受けて合格し高等看護婦の資格を取った。高校の同級生のうち三人ほど高等看護学校の試験を受けたが一人は合格しなかった。いち子ともう一人の学生、田口百合子の二人が高等看護学校に入学した。いち子は三年間みっちりと勉強し首席で卒業した。卒業式には総代で答辞を読んだ。卒業式の夜、母の美根は何かと世話になっている鈴木幸助氏を招いて、ささやかな祝いの膳を用意した。

当時村長をしていた幸助氏はにこにこしながら言った。

「いち子ちゃん、いよいよ看護婦さんになっておめでとう。いち子ちゃんのように美人で優しい看護婦さんだったら患者さんは皆、いち子ちゃんに脈を取ってもらいたいと思うよ」

いち子は二十一歳の娘盛り、母親によく似て美しくまた愛らしかった。

「まあ村長さんたら、冗談ばかり言って……」

いち子は顔を真っ赤にして恥ずかしそうに言ったが内心はとても嬉しかった。

卒業後は、信州大学医学部附属病院に勤務、外科病棟に配属された。

運命の人

看護婦として働くには、家からの通勤はとてもできないので、同級生の田口百合子と共に看護婦寮に入り部屋も百合子と一緒だった。百合子は産婦人科、いち子は外科だったので、共に一緒に過ごすことは少なかった。勤務して二か月、必死になって色々と勉強し覚えていった。

外科医局では、毎年六月に新入医師及び看護婦、職員を歓迎して親睦会を開いている。

今年は美ヶ原高原で、フォークダンス、バーベキューの会を開くことになり世話役は田岡医師であった。総勢十五名、田岡医師はテープレコーダーで音楽をかけ、皆で輪になってフォークダンスを踊った。暫く踊った後、バーベキューの準備に取りかかった。

「さあ、皆さん、どこでも好きな所に座ってください」

田岡医師の合図で、準備した三テーブルはあっという間にいっぱいになった。遠慮していたいち子は周りを見回したが、もう田岡医師の隣しか空いていなかった。田岡医師はためらっているいち子に「ここにお出で」と手招きして呼んでくれた。暫くして田岡医師は再び音楽をかけ、「上條さん、一緒に踊ろう」といち子に手を差し伸べた。いち子は突然のことでうろたえて顔を真っ赤にして言った。

「先生、私は踊りができません」

田岡医師は「そうか、残念だな」と諦めて、先輩の看護婦と一緒にテネシーワルツを踊った。二人の踊りは見事なもので拍手喝采であった。

いち子はその夜、寮に帰ると一気に百合子に話した。

「今日の親睦会は本当に楽しかった。田岡先生が私に一緒に踊ろうと手を差し伸べてくださったの。私はダンスができないのでお断りすると、先生はベテランの看護婦さんとテネシーワルツを踊られ、とても見事な踊りぶりで皆から大喝采だったのよ。私もダンスを習っておけば良かったわ」

百合子はすぐに言った。

「田岡先生はフィギュアスケートの名手よ。今は仕事と勉強で止めておられると聞いたけど、三歳の頃からスケートを始めて、小、中、高校生までは、地方大会、全国大会に出場され何度も優勝されたそうよ。子供の頃は『スケート王子』と呼ばれ、スケート仲間の憧れの的だったそうよ。私の二番目の兄が高校時代に田岡先生と同級だったので、その兄から聞いた話なの」

いち子は「なるほど、そうだったのか」と思った。田岡医師について印象に残ったのは、「松本の田岡病院の御曹司であり、背が高くきりっとした男前で、看護婦及び女性職員の憧れの的である」ということのみであった。

上高地でのキャンプ

数日後、百合子は兄、田岡医師、いち子の四人で上高地にキャンプに行く話を持ちかけた。「兄に話して『四人で上高地へキャンプに行こう』ということで、兄から田岡先生に都合を聞いてもらったの。田岡先生からは『是非、一緒に行きたい』とのお返事頂いたの」

「嬉しいわ。私は絶対に行くわ。百合ちゃん」百合子の配慮に小躍りして喜んだ。

キャンプは七月七日と決まり、待ち遠しくてならなかった。

当日午前十時、バスは松本駅前から出発し、上高地には午後二時に到着した。小梨平キャンプ場で、適当な大きさのテントを借り男性二人はテントを張った。

その後、四人で河童橋を渡り遊歩道を歩き大正池まで行った。遊歩道はやわらかな緑の風が吹き心地よかった。大正池は、枯れ古木が湖に林立し焼岳はその姿を湖面に落として如何にも上高地を代表する景色であった。

いち子は食い入るように眺めていると、そっと後ろから田岡医師がやってきて、言った。

「感激していますね」

いち子は驚いて後ろを振り向いた。

「僕も久しぶりに来たのだよ。上條さんは？」

「子供の頃に両親と一緒に来たことがあります。十年以上も前のことです」

田岡医師はカメラを持っていたので、あちこちで盛んにシャッターを切っていたが、大正池をバックに四人並んで、通りがかりの人に頼んでシャッターを押してもらった。後々、いち子はこの時の写真を大事に手帳に挟んで持っていた。

夕食後には、どこかの会社の団体が来ているらしく、大きなキャンプファイヤーが焚かれ、その周りに大勢の人が集まってリーダーが指導し、歌を歌い始めた。田岡医師は「我々も行って、一緒に歌おう」と誘い、その輪に加わり声を張り上げて歌った。午後十時にテントに戻った。テントの中は狭いので、百合子といち子はくっついて眠り、反対側に田岡医師と百合子の兄は眠った。

いち子は子供の頃の優しい父を思い出していた。父が出征して以来、大人の男性の雰囲気を身近に感じたことはなかったので、何とも言えぬロマンチックな雰囲気を感じ眠りにつけず、テントの外に出て、暫く満天の星を仰いだ。

翌日も絶好の天気、四人は明神池までおよそ一時間歩いた。明神池は波一つ立たず、佇んでいると吸い込まれそうな錯覚を覚えた。岸辺から板でボート乗り場が湖に向かって作られ、たくさんのボートが繋がれていた。田岡医師は「ボートに乗ろう」と先に乗り、いち子を招いた。百合子兄妹も他のボートに乗り二組のボートはそれぞれに漕ぎ出した。

田岡医師は言った。

「上條さん、この景色は如何かね？」

「この荘厳で神秘的な美しさは言葉にできないほどです」と、いち子はようやく答えた。

帰りのバスでは、百合子とその兄が先に乗り並んで座ったので、田岡医師といち子はその後ろの座席に座った。いち子は窓から次々と移り変わる景色を眺めていたが、田岡医師は色々と説明してくれた。暫くすると向こう側の山の斜面に大きな滝が見えてきた。

「あの滝は、雲井の滝と言うんだ。大正天皇が行幸された時、命名されたんだよ」

「そうですか。初めて知りました」

そんな会話をしているうちに、田岡医師はいち子の肩に頭をもたせかけて、とろとろと眠り始めた。小一時間が過ぎた頃バスが急停車した。

「上條さん、すまん！　つい寝込んでしまって」と、田岡医師は照れて言った。

「先生、大丈夫です」

いち子は恥ずかしそうに言った。

「僕は美味い蕎麦を食べたいのだが、戸隠に行かないか？」

「私もお蕎麦は大好きです。ご一緒したいです」

いち子は思わず返事をした。

「では二週間後の日曜日の九時に松本駅の待合室で待っている」

「嬉しいです。必ず行きます」

その夜、いち子は帰りのバスの中で約束したことを百合子に話した。

「二週間後の日曜日に戸隠に行こうと誘われたの。私は『是非ご一緒したい』と約束したの。でも本当はどうしようかしら？」

百合子はちょっと驚いた様子であったが、今どきの若い女の子である。こともなげにこう言った。

「先生がいっちゃんと二人で行こうと誘ってくれたことは、よほどいっちゃんのことが好きなんだ。先生は大きな病院の跡取り息子でおぼっちゃん育ち、しかもハンサムで病院内の若い女性の憧れの的であるから、いっちゃんはよほど注意しないと後で泣きべそをかくようになるからね」

いち子は自分から相談しておきながら、百合子の言葉は耳に入らなかった。

戸隠高原のデート

約束通り二人は松本駅で落ち合い、戸隠に向かった。神社にお参りした後二人は戸隠高原に向かった。田岡医師はいち子の作ってきたお弁当を美味そうに食べながら言った。

「後でダンスをしよう」

いち子は踊れないので戸惑っていると田岡医師は言った。

「基本のステップを覚えればすぐに踊れるようになるよ」

田岡医師は、テープレコーダーをかけ、ワルツの三拍子のステップを教えた。一、二、三とステップの順を覚え、最後に田岡医師のリードでテネシーワルツを踊った。

「上條さんは覚えるのも早いし、リズム感がいいよ」

「有難うございます」と、いち子は息を弾ませながら言った。

何曲か踊っているうち、彼方の方から黒い入道雲がもくもくと湧き上がり、見る間にこちらへ向かってやってきた。ピカピカ、ゴロゴロと鳴りだし、ザーと激しい雨が二人を襲った。

「上條さん、向こうの茶店まで走ろう」

二人は手を繋いで走ったが濡れ鼠であった。

「すみません」と田岡医師が声をかけると、中年の優しそうなおかみさんが出てきて二人を隅のテーブルに案内した。いち子はびしょ濡れになったカーディガンを脱いだ。下に着ていたブラウスまでびしょ濡れになっていたので、ブラウスが胸にぴったり張り付いて乳房が浮き上がって見えた。田岡医師は乳房の盛り上がりが目に入ったがすぐに目をそらした。いち子は本能的に両手を組んで胸を隠した。すぐにおかみさんがやってきて、自分のブラウスを差し出して言った。

「これに着替えて、濡れたものを乾かした方がいいよ」

おかみさんは田岡医師の上着を持って、湯を沸かしている竈の方へいち子を案内した。

約三十分もすると概ね乾いたので着替え、おかみさんにお礼を言ってテーブルに戻った。

おかみさんは「まだ半乾きだが」と言って田岡医師に上着を渡した。

先に注文していたざる蕎麦が出来てきた。田岡医師は、いち子に食べるように促し、自分も三口ほど食べると「さすが、こしがあって美味い」とおかみさんに言った。

「代金はいくらかね？」

田岡医師が尋ねると、おかみさんは「二人で六十円だよ」と言った。

「これだけ取っておいてくれ。お礼だ」と言って田岡医師は百円札一枚を渡した。

「これでは貰いすぎだよ」

おかみさんはお釣りを渡そうとしたが、田岡医師は受け取らなかった。

帰りの電車の中で田岡医師が言った。

「近々、松本にいい西部劇の映画が来るので一緒に見に行こう。松本の映画館では誰に会うか分からないので松本以外の所で見よう。また連絡するから……」

「嬉しいです。待っています」いち子は喜んで答えた。

二か月後のある夕刻、準夜勤務の時、田岡医師はいち子の勤務する外科病棟にやってきて言った。

「上條さん、東田春子さんのカルテに指示が書いてあるので、すぐに見ておいてください」

いち子は急いでカルテを開けて見た。そこには小さな紙切れのメモが入っていた。

いち子は素早くその紙切れをポケットに入れて誰もいない所で開けて見た。そこには「十月十五日（日）午後一時、松本駅の待合室で待つ。岡谷で『シェーン』という映画を見る予定」と書いてあった。いち子は運よく誰にも見つからないでほっとしたが、これではあまりにも危険な連絡方法で何か他の方法をとらねばと思った。

約束の日、二人は映画を見ることができた。映画を見終わって外に出た時、いち子は興奮して赤い顔をしていた。

「どうだった？　良かったかね？」

「素晴らしい映画で感動しました！　最後に子供が無言で去ってゆくシェーンの名を呼び続けるシーンは涙が出ました」

「僕も感動したよ」

二人は岡谷駅の喫茶店でお茶を飲んだ後、松本行きの電車に乗り豊科で下車した。十月の午後六時過ぎ、降りる人も疎らで、辺りは薄墨色に染まっていた。

「僕が家の近くまで送っていくよ」

田岡医師はいち子が断るのも振り切って、サッサと歩きだした。途中に小さな森があり、そこに村の氏神様が祭られている。田岡医師はそこに立ち寄り、後からついて来るいち子の手を取り引き寄せた。いち子は反射的に逃げようとしたが、田岡医師はしっかりと手を握っているので無理であった。田岡医師はいち子を抱き寄せその唇に自分の唇を重ねた。

いち子はもうどうすることもできなかった。

「先生、ここからはもう近いので、一人で帰ります」

「そうか、突然でびっくりしただろう。ごめん。僕も映画を見て興奮してたんだ！　気を付けて帰りなさい」

二人はその後も何とか連絡を取って、映画を見に行った。

田岡家の事情

そもそも田岡家は、その昔松本藩の御殿医を任された時代もあったというが、祖父の時代に自宅や蔵が全焼し何の資料も残っていない。代々の言い伝えだけである。祖父の代は十人ほど泊まれる患者用の部屋があり、田岡治療院として非常に栄えたという。父の田岡宏は、松本医学専門学校を卒業し田岡外科病院とした。患者が多く、今のベッド数ではとても足りず、せめて倍のベッド数にしたいと思っていた。このままでは、患者が多くて忙しい割には人件費が嵩み、少しずつ赤字経営であった。

ちょうどそんな折、取引をしている銀行の頭取が田岡家の跡取り息子の縁談をもってやってきた。縁談の相手は、塩尻で農産物、果樹園を経営する塩尻一の資産家であり、商工会議所の会頭でもある金沢洋一氏の娘であった。娘の名前は「華子」、十九歳になったばかり、しかも三百万円の持参金付きと言う。田岡夫妻にとって、これほど良い縁談はないと思い大変乗り気であった。問題は息子の昭である。田岡夫妻は次の日曜日、息子に縁談の話をする予定であった。一方田岡医師は同じ日曜日、午後一時にいち子と待ち合わせて、アメリカの西部劇「オーケー牧場の決闘」という映画を見に行く約束をしていた。

その日の午前十一時頃、田岡は母から「話があるから書斎に来るように」と呼ばれた。田岡は嫌な予感がしたが、約束の時間には「まだ二時間ある」と思い、書斎に向かった。そこには、父が威厳を正して座り、母もその隣に同席していた。先ず父親が口を切った。

「病院の経営のことだが、今年に入って少しずつ赤字が続いている。原因は、患者はたくさんいるのに受け入れるベッドが足りない。その割に人件費がかかることだ。俺も年を取ってきて、体力的にもかなり無理をしている。早くお前が学位を取り一人前になって俺と一緒にやってほしい」

「父さん、僕も一生懸命に外科手術を勉強している。現に父さんの手術の際、何回も助手をさせてもらっている。でも学位の件は順番があるから、あと二年はかかる」

「ベッド数を増やして今の倍にすれば、採算が取れると経理は言っている。しかし何分金がかかり、銀行の融資もあまり当てにならない」

「父さん、無理しないで、もう少し患者も職員も減らしてはどうですか？」

「……」

父は無言であった。

「ところでお前は二十七歳になったのかね？　そろそろ結婚を考えたらどうだ。良い縁談があるのだが……。先日銀行がもってきた話だが、塩尻の商工会議所会頭の娘で十九歳だそうだ。しかも三百万円持参金を付けるそうだ。こんな天から降って湧いたような話は、そうざらにはないぞ。会頭は非常にお前を見込んでいるらしい。とにかく、一度会ってみてはどうだ？」

田岡は黙って返事をしなかった。

「今度、見合いをするように段取りをつけてみる」

父の一方的な言葉であった。

田岡はそろそろ家を出ないといち子との待ち合わせ時間に間に合わない。先ほどから気になり時計ばかり見ていた。すると母が言った。

「昭さん、先ほどからしきりに時計を見ているけど、誰かと待ち合わせしているのかね？」

田岡はこうなった以上は、いち子のことを正直に話した方が良いと思った。

「僕は、今年の七月から、信大病院の外科病棟に勤務している看護婦と付き合っている。彼女は高等看護学校を卒業して、今年の春、初めて就職したばかりである。家は豊科、祖父は長年豊科の村長をしていたが、戦後の農地改革で土地はかなり手放したそうだ。父親は戦死されたそうだ。すごくいい娘なんだ。僕は父さん、母さんに絶対に気に入ってもらえると信じている」

黙って聞いていた父は厳しい口調で言った。

「その話は駄目だ。いくらお前が気に入っていても、結婚には『釣り合い』というものがある。上手くゆく筈がない。お前がどうしてもその女性と結婚すると言うなら、お前を勘当する。もう親でも子でもない。この家から出ていきなさい」

気の短い父は段々興奮して怒鳴るような大声を出して書斎より出ていってしまった。

母はうなだれて聞いていた息子に優しく言った。

「昭さん、お前の話はとても無理です。今のうちにその女性のことは諦めなさい。そして今の縁談を進めてみましょう。お前には黙っていたのですが、最近、父さんはお疲れがひどくて食欲もないことが多いんですよ。もしお前が私たちを捨ててその女性と一緒になったら、父さんはショックを受けて倒れるかもしれません。どうか考えを改めておくれ。父さんには私から上手く言っておくよ」

母の目には涙がにじんでいた。

時計を見ると、約束の一時はとっくに過ぎ、二時になろうとしていた。田岡はそれでも待っているかもしれないと思い急いで駅に向かったが、いち子の姿はなかった。

三週間後の日曜日に田岡は例のカルテにメモを挟むという危険な方法で、いち子と会うことができた。二人は岡谷まで行きどちらからともなく腕を組んで、凍てつく諏訪湖畔を歩いた。田岡は今までのことの次第をいち子に話した。

「相手の女性は華子といって十九歳、塩尻商工会議所会頭の娘だそうだ。先日どうしても見合いすることになり会ってみた。どことなく上條さんに似ていると思った。僕の病院にも色々と事情があって、今の僕には両親を捨てることはできない。かといって上條さんと別れるのは身を切るように辛い」

「……」

いち子は言葉も出なかった。湖面を渡る風は一層強く吹き付け、二人はしっかりと腕を組んで歩いた。

「僕は時期が来たら、上條さんと結婚したいと思っていた」

いち子は、

「先生、おめでとうございます」

とだけ言った。

二人は湖畔の小さな喫茶店でコーヒーを飲んで体を温め松本に帰った。松本駅でいよいよ二人が別れる時、田岡はいち子の手をしっかりと握って、「元気で」と言ったが、いち子はその手を振り払うようにして何も言わずホームに向かって走った。決して後ろを振り向くことはなかった。

　その後いち子は、突然に蕁麻疹《じんましん》に悩まされるようになった。その蕁麻疹は主に前胸部、腹部、大腿内側に限られ、先ず初めに「チクッ」と痛みが先行したかと思うと、一センチ大の丸い丘疹が「パッ」と広がって出る。その痛痒さといったら我慢できないほどであった。

　丘疹は次第に消えてゆくが、その後に丸く色素沈着を残す。この色素沈着はなかなか消えず、蕁麻疹の出たところは、まるで水玉模様のようになって残った。いち子は大学病院の皮膚科を受診し、「色素性蕁麻疹」との診断を受けた。ごく稀な蕁麻疹であり原因もよく分からず、しいて言えばストレスが原因かもしれないとのことであった。

　幸いにして、蕁麻疹は顔や手足の見えるところに出なかったので誰にも気付かれなかったが、痛痒さには我慢できなかった。

　また、田岡医師が他の女性と結婚することに対しては悲しみで気分が落ち込み、到底同じ病院に勤める気になれなかった。いち子は母と相談し三月いっぱいで病院を辞した。

第三章　F高原サナトリウム

F高原サナトリウムに就職

いち子は二日ほどとろとろと寝込んでしまったが、蕁麻疹が出るのも大分治まってきた。母の美根は朝早くから弟や妹たちの食事の支度、弁当作りをして午前中は畑仕事をこなし、午後からは一休みした後、夜遅くまで洋裁をしていた。

「母さん、これからは私が家の中のことは一切するので、母さんはゆっくり洋裁をしたらいいよ。相変わらず注文は多いの？」

「この頃は松本にも洋裁専門店が出来たのでそちらに行く人もあるのよ。でも仕立料が高いらしいの」

四月に入って一週間ほど経ったある日、村の富子が美根のところにやってきた。

「美根さん、いるかね？」

「お早よう、富子さん、慌ててどうしたの？」

美根は時々富子の洋服を縫っているのでよく知っていた。

「美根さん、私の二番目の兄がＦ高原サナトリウムの事務長をしていて、そこの看護婦が二人も相次いで辞めることになってね、至急に看護婦を募集しているそうなの」

いつもなら、慶応大学病院から派出されて来ることも多いが、大学病院も派出する看護婦はないとのことで、地元で至急に看護婦さんを探しているとのことであった。

「それでお宅のいち子ちゃんが家におられると伺ったので、何とかサナトリウムで働いてもらえないかと思って、伺ったの」

「それは大変ですね。うちのいち子は蕁麻疹が出るようになって体調をこわし、今、暫く家で療養しているのよ」

「まあ、そうだったんですか。それは大変でしたね。でも蕁麻疹ならそんなに長引かないから、治ったら是非お願いします」

「いち子に一度話してみます」

美根は結核治療所などで絶対に働かせたくないと思っていたが、この場は愛想よく言って富子を帰した。

「いち子ちゃん、今日、村の富子さんが来て言うのよ。富子さんのお兄さんは、Ｆ高原サナトリウムの事務長をしておられるそうよ。この度、看護婦さんが二人も辞めて、なかなかその代わりがなくて困っているそうなの。そこであなたに是非来てほしいと言ってきたのよ。私は『蕁麻疹が出て今養生しているのでとても無理だわ』と言っておいたよ」

「母さん、有難う。私も暫く考えてみるわ」

それからちょうど一週間後に、富士見高原サナトリウムの事務長、駒沢氏が菓子折りを持って、美根のところに挨拶にやってきた。一見して物腰が低く、風貌も穏やかであった。

「蕁麻疹が治ったら、是非うちのサナトリウムに来て働いてほしい。僕が責任を持ってお預かりします。感染のこともお母さんは心配しておられると思いますが、サナトリウムでは厳重に注意を払っていますので、職員の感染はありません」

「わざわざこんな所までお越しくださって恐縮です。いち子ともよく相談してみます」

美根は愛想よく事務長を見送った。

その夜、いち子は美根に本心を言った。

「母さん、私は蕁麻疹が治ったらどこかに就職したいと思っているの。私はまだ働きだして一年足らずで何の勉強もできていないの。診療所よりもどこかもう少し大きいところに就職して勉強したいと思っているの。あのF高原サナトリウムならばここからそんなに遠くないし、私は悪くないと思うわ。我儘を言って本当にごめんなさい」

「お前がそのように思っているのなら、敢えて反対はしないよ。ただ母さんは家から通えるところがあると良いと思っていたのだが、なかなかそんなところもすぐには見つからないものね。それに事務長さんは富子さんのお兄さんだし、あのように親切に言ってくださるもの。体調が治ったら、一度面接をお願いしてみましょう」

美根の横顔はどこか寂しそうであった。


四月下旬に入り、いち子は美根と一緒にF高原サナトリウムへ面接に行った。

F高原駅には、駒沢事務長が迎えに来ていた。三人は駅から十五分ほどなだらかな丘道を歩くと白い建物のサナトリウムが見えてきた。標高一〇〇〇メートルともなると、さすがに空気はひんやりと二人の肌をさした。四月の下旬というのに、ようやく長い冬から抜け出したばかりの草木がそっと春の世界をのぞいているようであった。

「院長、上條いち子さんが面接に来ています」

「お入りなさい」

院長の静かな声がした。

院長の星野は、昨年慶応大学病院の胸部外科から赴任したばかりの三代目の院長で、まだ若かった。およそ外科医とは思われないほど華奢の体つきであったが、声はしっかりと落ち着いていた。院長はいち子の履歴書を見ながら言った。

「信大病院の外科病棟に勤めていたのですね。こちらもちょうど外科外来に空席があるので、そこに入ってもらい、秋元婦長に指導させましょう。駒沢さん、秋元婦長をここに呼んでください」

ほどなく秋元婦長が院長室に入ってきた。

「この五月から外科外来に勤めてもらう上條いち子さんです。婦長の下で働いてもらうので指導をよろしく頼む」

「はい、分かりました」

そしていち子たち母娘に向かって言った。

「私は外来婦長の秋元と言います。よろしくお願いします」

「上條いち子です。ご指導のほどよろしくお願いします」

四人は院長室を後にして、秋元婦長の案内で看護婦寮に行き、婦長の隣の部屋が空いていたのでいち子はその部屋を使わせてもらうことになった。

面接がすべて終わった時は正午を過ぎていた。

「いち子ちゃん、どこかで持ってきたおにぎりを食べて帰りましょう」

「私も今そう思っていたところなの。母さん、このサナトリウムの裏側に白樺林があるそうよ。そこに行ってみましょうか？」

二人はサナトリウムの裏に回ると、裏庭のすぐそこまで白樺林が迫っていた。林の合間にはあと二か月もしたら咲くであろう花々の芽がちょっぴり顔を出していた。

林の入り口にベンチが置いてあり、二人はそこに腰かけておにぎりを食べた。

「母さん、私は我儘を通してごめんね。母さんには心配ばかりかけてすまないと思っているの……。私は一生懸命働いて、毎週土曜日の夕方は家に帰り、日曜日の夕方には寮に戻ることにするわ」

「それがいいよ」

母美根は寂しそうに笑顔を見せた。

いち子は五月から働いた。持ち前の明るさ、親切、優しい笑顔でたちまちサナトリウムの職員や入院患者の間でも評判になった。

秋元婦長は仕事熱心で、いち子に対しても厳しく指導した。いち子は好意を抱いていい寄る男性も何人もいたが、それとなく上手にかわし、一年間仕事と勉強に打ち込んだ。

秋元婦長は四十歳を少し過ぎていた。仕事には厳しかったが私生活ではいち子を妹のように可愛がった。

心が安定したせいか、いち子をあれほど悩ました色素性蕁麻疹は、一年後には全く出なくなったが、点々と水玉模様になった痕は依然として残っていた。

勤労者音楽協議会（労音）にて

サナトリウムの生活もちょうど一年を迎えようとしていた。四月のある土曜日の夕方、いち子は自宅に帰ったが、松本市内の医院で働いている看護学校時代の同級生から、夫が急に所用が出来て行けなくなったと言って労音の切符を貰っていた。いち子は同級生と共に「民謡の夕べ」と銘打った労音に初めて参加し数々の民謡を聴くことができて、大いに感動した。

いち子はすぐに労音に入会の手続きを取った。五月は母を誘い、六月は秋元婦長を誘った。七月の労音公演は、松本市外の県営グラウンドで野外ステージを組み、「ジャズ演奏の夕べ」と銘打って行われた。いち子は松本在住の看護婦と一緒に聴きに行く予定であったが、彼女は寸前になって、子供が熱を出して行けないと連絡してきた。

いち子は一人でも聴きに行こうと思った。午後六時からの公演であったが、会場はほぼ満員で観客は地面に腰を下ろして座るようになっていたので、いち子も会場のちょうど真ん中辺りに腰を下ろした。

演奏は一部、二部に分かれ、一部は日本の若いジャズマン、二部は有名な外国人を交えた日本のベテランたちの演奏であった。

いち子は一部の演奏が終わる少し前、あまりにも大勢の人で息切れして少し気分が悪くなり、会場から外に出たいと思った。広いグラウンドの端に小さい池があり池の端にベンチがあったのでいち子はそこに腰かけて一息ついた。座ったまま数回深呼吸していると、そこに一人の男性がやってきた。

「すみません。僕もここにちょっとだけ腰かけてもよろしいでしょうか?」

「さあどうぞ、おかけください」

驚いたいち子は、急に立ち上がって席を譲り立ち去ろうとした。

「お嬢さん、驚かせてごめん。僕はほんのちょっとだけ休めばいいんです。すぐに退きますから」

いち子はその男性の顔を見た。やや面長で鼻筋が通り優しい顔の人であった。どこかで会ったような気もするがなかなか思い出せなかった。

一方、男性はいち子の顔を見てすぐに思い出した。サナトリウム外来の看護婦さんだ！

「Ｆ高原サナトリウムの看護婦さんですね」

驚いたのはいち子であった。

「はい、そうですが……。どうして私をご存じですか？」

「僕は今、二階の十二号室で療養中の大林隆です。上條さんは外来の勤務で、病室にはあまり来られませんが、皆さん言っていますよ。外来に若くて可愛らしい看護婦さんが見えたと」

「まあ、偶然とはいえ本当に奇遇ですね。世の中は広いようで狭いですね」

二人はお互いに同じ屋根の下に暮らす者同士、安心して話が弾んだ。

この全く偶然の出会いが二人を結ぶ赤い糸であったことはこの時、知る由はなかった。

いち子は母が作ってくれたおにぎりを思い出した。

「母がおにぎりを二つだけ作ってくれましたの。一つお上がりになりませんか？」

と言って、水筒のお茶と共におにぎりを差し出した。

「有難う。これは美味そうだ」

大林隆は恐縮しながら受け取りペロリと食べた。

「僕は天気の良い日は午後からの日光浴を終えると、必ず高原に行って三十分ほどフルートを吹いている。先生も肺のためには良いと言って許可しているんだよ」

いち子は大林隆のフルートを聴きたいと思ったが、仕事の関係上先ず無理であった。

「八月の公演は諏訪で『映画音楽集』をやるそうだよ。上條さんも是非聴きに行きましょう。僕は必ず行きます。五時に会場の入り口の横で待っています」

当日、いち子は五時少し前に会場の入り口で待っていた。大林隆はすぐにいち子を見つけて手を振りながら小走りでやってきた。二人は知人に会うことを避けて、別々に会場に入り席も少し離れて座った。休憩に入る少し前に隆はいち子に外に出ようと合図した。二人は諏訪湖畔を並んで歩きながら、まだ音楽の余韻に浸っていた。

「どうだった、今日の音楽は？」

「私、映画はほとんど見てないけれど音楽は素晴らしかったわ。アメリカの音楽では、『慕情』『虹の彼方に』『風と共に去りぬ』、日本のものでは、『旅の夜風』『純情二重奏』『君の名は』などかしら。私は映画も音楽もあまり知らないので、恥ずかしいわ」

「そうですか。僕もいち子さんと同じですよ」

いち子には、隆が話の歩調を自分に合わせてくれていることがよく分かった。

いち子にとって、この諏訪湖畔は悲喜こもごも忘れることのできない思い出があり、ここから早く逃れたいと思っていた。

するとと以心伝心、隆は言った。

「上條さん、街の方に行って喫茶店でお茶でも飲みませんか？」

二人は喫茶店でお茶を飲んだ後、街の小さな公園のベンチに腰かけた。

「上條さんはこのサナトリウムに来てどう思っておられますか？」

「初めは不安でしたが、とても良いところと思っています。秋元婦長は仕事には厳しいけれどしっかりと指導してくださり、仕事以外ではとても親切にしてくださいます」

二人の会話は自己紹介になった。

「僕の家は大阪なんだ。親父は慶応大学の医学部を卒業して、胸部外科に入りその後大阪に出て病院を建てた。僕は医者が嫌いで親の反対を押し切って、川崎大学の経済学部を卒業し大阪の市役所で働いています」

いち子は黙って隆の言葉を聞いていたが、あれほど悲しい思いで別れた人とよく似た境遇の人に巡り合うとは、なんと不思議な運命の悪戯であろうかと思った。

「私は豊科出身です。家は戦前まで代々庄屋でしたが、戦後、農地改革で土地も没収されました。父は敗戦の年三月頃、南方で戦死しました。母は大変苦労して、私を高等看護学校まで出してくれました。母は洋裁ができるので、夜遅くまで洋服の仕立てをし、農業も男手を頼んでやっています」

「お母さんは大変苦労して来られたのですね。頭の下がる思いです。ところで上條さんはどんな趣味を持っておられるのですか？」

「私は学校と生活で精いっぱいやってきましたのでこれと言って趣味がないのです。しいて言えば、音楽を聴くことぐらいです」

「音楽にも色々ありますがどんな音楽が好きですか？」

「そうですね。童謡、民謡、映画音楽ぐらいかしら……」

「僕はフルートが好きで、一時はプロの演奏家になろうと思って習いに行ったこともあったが、両親が猛反対して諦め市役所に勤めています」

「まあ、そうだったのですか。自分の意志を曲げて両親の意志に従われるのには相当の決断がいりますよね」

「僕は一年半前に右肺尖に小さな結核病巣が見つかり、親父がここの初代院長とも知り合いなのでここにお世話になった。主治医は、すっかり治癒しているので、いつ退院しても良いと言っています。早く帰って仕事をしたいと思っているのですが、親父が大阪の夏は蒸し暑いので、もう少しここで養生するように言っています」

「病気がすっかり治って良かったですね」

いち子は口ではそう言いながらも、心のどこかに一抹の寂しさを覚えた。

求婚

十月の労音は「民謡の夕べ」と題して松本で開かれた。いち子は約束通り開館三十分前に行き、隆を待った。会場は松本城近くの会館であった。

第一部の演奏が終わると二人は外に出た。

十月の午後七時といえば、もう夕闇に包まれて暗かった。二人は近くの店で蕎麦を食べた後、外を歩いた。隆は暗いので転んだらいけないといち子に手を差し伸べた。二人は腕を組んでそぞろ歩き、知らぬ間に松本城の近くまで来ていた。堀端に一本の紅葉の木があり、二人はそこのベンチに腰かけた。どちらから話しかける訳でもなく暫く沈黙が続いた。

すると突然に隆は意を決したように言った。

「上條さん、僕と結婚してください。僕はどんなことがあっても絶対にあなたを守ります」

いち子は何となく雰囲気を感じていたが、まさか今この言葉を聞くとは思ってもみなかった。

「はい。嬉しいです」

こう答えるのが精いっぱいであった。

「僕は両親に手紙を書き、できるだけ早くお母さんやあなたに会ってもらうようにするつもりです」

いち子はこの時、母は絶対に許す筈がないと思った。その夜、いち子は家に帰り母に隆について一部始終を話した。

「母さん、私は労音で三回会っただけだけれども、本当に心の優しい人なの。私は今までこんなに心がときめいたことはないの。一度、隆さんに会ってください」

「あなたは田岡先生のことで、あんなに苦しんだことをもう忘れてしまったのかね。まだ一年半しか経っていないのよ。とにかく、結婚というものは、『釣り合い』が大事なの。母さんがそのいい例よ。このお話は絶対に反対です」

母は、いち子が普段見たこともないような激しい口調で、いち子は取り付くしまもなかった。

一方、隆の両親は隆の手紙を見て初めは驚いたが、Ｆ高原サナトリウムの院長に会い、いち子について身上を聞くことにした。

「上條いち子についてはよくやってくれます。問題はありませんよ。私よりも外科婦長の秋元の方が詳しいので紹介します。また事務長の駒沢は上條を紹介した者ですから、その者よりも話を聞いてください」

やがて事務長、秋元婦長が呼ばれ、いち子については褒めこそすれ悪く言う者はなかった。隆の両親は、大阪に帰り早速一席設けて、いち子の母、いち子、そして大林家は隆と両親の三人が一堂に会することにした。この際いち子の母は昔から重大なことを決めるには、鈴木幸助氏を頼っていたので今度も是非出席をお願いした。

場所は京都のある料亭で行われた。いち子は生まれて初めてこのような立派な料亭に来たので、ただただ驚いていた。大林隆、父親の大林茂、母親の大林美弥子、そしていち子の母親・上條美根、いち子、相談役の鈴木幸助の六人が集まった。

隆の父が初めて口を開いた。

「この度は、はるばる京都までお越しくださって有難うございます。隆の父、茂です。こちらにいるのは母親の美弥子です。隣に座っているのは長男の隆です」

と三人を紹介した。次いで、いち子の母親も三人を紹介した。

「こちらは我々母娘の相談役である鈴木幸助氏です」

幸助氏は深々と頭を下げた。次いでいち子を見て言った。

「娘の上條いち子、私は母の上條美根と言います」

美根の紹介の仕方は実に堂々としていて、いち子はこんな母の姿を見たことがなかった。

次いで隆の父親が言った。

「僕は長男の隆には是非医者になってほしいと思ったのだが、医者そのものをどうしても好きになれないと言うのです。親が強引に押し付けることもできず、大学卒業後は大阪の市役所に勤め、音楽は趣味でやっています。弟は医者になり、うちの病院で副院長として働いています。先日、我々夫婦は、いち子さんのことについてサナトリウムの院長、秋元看護婦長、事務長にお会いしました。いち子さんの評判は良く、異口同音に褒めていましたよ」

隆の父親の言葉が終わるや否や、幸助氏が言った。

「僕は役所の助役をしていた頃、村長の息子であったいち子さんの父親の元に美根さんを紹介して以来、ずっと上條家と付き合っています。いち子さんの父親は、残念なことに終戦の年に南方で戦死され、戦後は農地改革で土地も大分少なくなり、四人の子供を抱えて美根さんは本当に大変でした。そんな中で母親の美根さんは、これからの女性は何か資格を取って勉強しておかねばならないと考え、いち子さんを高等看護学校まで行かせた。母娘ともどもよく頑張ったと思います。いち子さんは母親にとてもよく似ていて、頑張り屋でしかも非常に心優しい娘です」

隆の両親は、幸助氏の話を頷くように聞いていた。

「これからの女性はいち子さんのお母さんのような考えを持つべきです。いち子さんも、それによくこたえましたね。私は慶応大学病院の外科から大阪に来て十年前に病院を建てました。現在は次男がよくやってくれますが、長男の嫁にいち子さんのような素晴らしい看護婦さんが来てくれれば心強くて本当に嬉しい」

日頃は少々気難しい隆の父親も、この日は上機嫌でいち子をべた褒めであった。仲居が酒類を注いで回ると宴席は更に賑やかになり、男性たちは三人とも酒に強く会話も弾んだ。女性たちは、いち子の母と隆の母との馬が合って話が弾んだ。いち子はただ黙って聞いていた。宴席も終わりの頃、隆の両親はいち子の母親に向かって言った。

「どうかお宅のいち子さんを隆の嫁にください。我々夫婦も大歓迎です」

「有難うございます。ふつつか者ですがよろしくお願いします」

母の美根は嬉しいような、寂しいような複雑な気持ちで言った。

その夜いち子たち三人は予約していた旅館に泊まり翌日信州に帰った。列車の中で幸助氏は二人に向かって言った。

「いち子ちゃんは素晴らしい玉の輿に乗ったね。これから苦労もあると思うが、いち子ちゃんなら頑張れるよ。美根さんもご両親があのように言ってくだされば反対する訳がないよ」

美根は黙って頷いた。

第四章　結婚生活

結婚

いち子は不思議な運命の巡り合わせと思った。田岡医師とのあれほど悲しい離別をしたのに、また今度も病院の御曹司と巡り合った。ただ違うのは、今回は相手の両親に大変気に入られていることであった。

昭和三十年五月、夫の隆は三十歳、いち子二十五歳、二人は大阪の一流ホテルで結婚式を挙げた。夫は市役所に勤務、優しくて、常にいち子を気遣ってくれたが、問題は義弟、即ち治夫の妻・勝子であった。

勝子は大阪道修町の薬問屋「天保堂」の娘である。勝子の父親は五代目であり、幅広く商いをして大いに利益を得た、大阪薬業界の権力者であった。

勝子は背が高く、夫の治夫とほぼ同じであり、色は浅黒く眉間にはいつも皺を寄せ神経質そうに見えた。性格は歯に衣着せぬ物言いをし、相手の立場など全く考えないで思ったことをズバズバ言うので誰からも嫌われていた。義父である院長に対しては、さすがに遠慮していたが、義母に対しては遠慮のない物言いをした。義母の美弥子は気品と教養があり、しっかり者で典型的な明治生まれの女性であったので勝子とは気が合わなかった。

特にいち子に対しては五つも年下なのに、「お義姉さん」と呼ぶのは、何としてもプライドが許さず、「いち子さん」と呼んだ。

就職

いち子は六月から病院で働くことになった。希望で外科の外来及び病棟の勤務をした。院長は紹介した。

「長男の嫁でいち子という。今までは長野県のF高原サナトリウムの外科に勤務していた。皆さん、よろしく頼む」

「大林いち子です。これからよろしくお願いします」明るい声にみんな拍手を送った。

いち子はいつも笑顔で優しく接するので、患者の間でもたちまち評判となった。

「今度来た看護婦さんは、院長の長男夫人だそうだ。綺麗で優しくて、ほんとにいい人だよ」

「そうだね、看護婦さんの顔を見ているだけで、病気が治るような気がするよ」

と患者の間でささやかれた。また職員の間では誰言うとなく「いっちゃん」と呼ばれ、皆に親しまれた。明治生まれの頑固な院長も手術時には必ずいち子を助手にして、その手際のよさを褒めた。

流産

いち子は色々なことを覚えようとして、一生懸命に働いた。本来ならば七月の中旬には生理がある筈なのに二週間遅れている。ひょっとしたら「おめでたかな」と思ったが、まだ結論を出すのは早すぎると思い、夫には黙っていた。

八月のある午後、婦長が慌てていち子のところにやってきた。

「急なことで申し訳ありませんが今夜、夜勤をして頂けませんでしょうか？」

「どういうことなの？」

「今夜の夜勤の看護婦がのっぴきならぬ理由で、今になって勤務できないと言うのです。それで私がその代わりをするつもりでいたところ、入院している母の病状が悪化して私も母のところに行かねばなりません。私の代わりを当たってみたのですが、何分急なことで誰も代わりがないのです。それでヘルパーを一人夜勤に出る手配はできたのですが、当直の看護婦が一人では夜勤はできないと言うのです。私も困って人事の勝子様に電話で相談したのです。『仕方ないから、いち子さんに頼んでみたら？』とのことでした。『勝子様から頼んでみてください』とお願いしたら『そんなことぐらい自分で頼みなさい』と怒られました」

　いち子はすぐに夫に電話した。

「僕はいいけど、最近お前は働き過ぎのように思うから無理しないように」

「大丈夫よ。婦長さんも本当に困っているのよ」

「いち子さん、有難うございます」と、婦長は深く頭を下げて帰っていった。

夜勤では重症の患者も安定していた。朝五時頃、いち子はカルテ整理をしようとした時、急に下腹部痛を覚え、トイレに行きたくなった。トイレでしゃがむや否や、赤黒い血液の塊のようなものがドッと出た。

いち子はそこまでは覚えているが、朦朧となってその場に倒れてしまった。幸いなことに、そのすぐ後で、一緒に勤務していたヘルパーが、トイレを使用したいと思って来てみると、そこに看護婦が倒れている。驚いたヘルパーは、すぐにもう一人の看護婦に連絡し、二人はいち子を空いている個室に運んだ。

看護婦はすぐに副院長に電話するよう、ヘルパーに指示し血圧を測った。血圧は最高血圧九八、最低血圧は測定できず、脈拍は微弱で測定しにくかったが一〇〇前後あった。血管を確保するために、五〇〇ccの生理食塩水を点滴し始めた。

ほどなくして、慌てふためいて副院長の治夫がやってきた。副院長は一部始終を聞いて、これは流産だと思った。すぐに産婦人科に送らねばならないと判断し、近くの中島産婦人科病院に連絡を取り病院の救急車で搬送した。救急車には副院長、夫の隆、義母が乗った。

診断の結果は「早期流産」であり、輸血が必要なため入院となった。血液型はA型、一本（二〇〇cc）が終わる頃、顔色はほんのりと赤味を帯び、意識もはっきりしてきた。

「あなた、ここどこですか？」

「ここは中島産婦人科病院だよ、君は流産して、輸血が必要なため入院したのだよ」

いち子は昨夜来の出来事をようやく思い出した。

「やっぱり私は妊娠していたのだ！」

それにしても私は夫をはじめ多くの人に大変な迷惑をかけてしまった。

「すみません。あなたやお義母さん、皆さんにご迷惑をかけてしまって……」

「そのことは心配いらないよ。安心して養生しなさい」

翌日、もう一本輸血して貧血もほぼ回復し、かなり元気になったが、安静のため五日ほど入院した。

「大阪の夏は大変暑いから、初めての君には無理かもしれない。この際、信州の実家に帰って少し体を休めた方が良い」と隆は言った。

「私ならもうすっかり大丈夫です」と断ったが、隆は強引にいち子を豊科まで送っていった。

いち子はすっかり元気になって豊科から戻ってくるとまた一生懸命に働いた。結婚後初めての正月を迎えた。

一月中旬にある筈の生理がなく、二月もなかったので、今度は確実に妊娠したと思い、以前お世話になった中島産婦人科病院を受診した。

「大林さん、おめでたですよ。妊娠八週目ですよ」

女医は笑顔で言った。

「有難うございます」

早速、いち子は夫が帰って来るとすぐに伝えた。

「ほんとに良かった。これからは体に十分気を付けなさい」

隆は大喜びで言った。

翌日、院長に話して手術室の勤務を外してもらった。厳しい院長も今日ばかりは笑顔で言った。

「それは良かった。十分に気を付けなさい」

ちょうどその日の午後から病院に来ていた勝子は、いち子に向かって言った。

「妊娠したからといってあまり体を大事にし過ぎると、お産はかえって重くなるのよ」

いち子はムッとしたが黙っていた。それから三週間後のことである。暦は三月の中旬、外は何となく早春の息吹を感じるが、気温は不安定で三寒四温の日が続いた。

夕食後、夫と共にテレビを見ていた。その時いち子は、急に下腹部に激しい痛みを感じたと思うと、生あたたかいものが下の方に降りてきたので急いでトイレに走った。そこで大量の血液の塊を見た、意識ははっきりしていたので大声で夫を呼んだ。

隆はすぐにトイレに行き、そこにしゃがみ込んでいるいち子を抱き起こした。便器には赤黒い出血塊を見た。隆は前回の経験があるので、すぐに「流産」と判断し、救急車で中島産婦人科病院に搬送した。

医師による診断の結果はやはり「流産」であった。また入院し、輸血二本と補液などの治療を受けた。主治医は二人に向かって言った。

「大林さんご夫妻はまだ若いのでこれから子供を授かることもあります。あまり悲観しないでください」

いち子はあまりにも急な出来事で放心状態になっていたが、やがて夫の胸に顔を埋めてさめざめと泣いた。

二人が二度目の正月を迎えた時である。いち子はその時、妊娠二か月であることを知った。それから一か月後、今度は寝ている時に何の前振れもなくまた流産し、中島産婦人科病院に救急搬送された。

翌日、中島院長は病室に回診に来た時、二人に向かって言った。

「昨年初めて流産された時、お二人とも諸検査で何ら異常がなかった。なのに、こうして三回も流産されるのは、奥さんが悪いのではなくて、赤ちゃんの側に問題がある場合があります。即ち、胎児の染色体異常が繰り返し起こっている可能性があります。奥さんの体のためには子供は諦めた方が良いと思います」

「分かりました。有難うございました」隆は頭を下げて礼を言ったが、いち子は悲しみで顔を上げることさえもできず目には涙が溢れていた。

暫くの間、いち子は悲しみに打ちひしがれて食欲もなかった。周りの若い人たちは結婚して子供をもうけ幸せな家庭を築いているのに、何故私たちだけが子供に恵まれないのか？　神様も仏様もないのだろうか？　いち子は自問自答したが何の解決策もなかった。

その時、夫の隆は言った。

「いち子、僕はお前が悲しんでいるのを見ると辛い。これからは二人の人生を大事にして、楽しんでいこう。僕はお前さえ元気でいれば幸せだ」

いち子は次第に元の自分を取り戻すことができた。いつも明るくて優しい笑顔のいち子は、すぐにまた病院の人気者になった。

それから三年、病院の経営も順調、院長夫婦、隆夫婦、治夫夫婦はそれぞれの生活を送っていた。副院長夫婦は子供が三人となり、上は男の子、下の二人は女の子で賑やかであった。治夫副院長は働き盛りで、地元医師会の役員も兼ね趣味のゴルフもやっていた。家庭のことは一切勝子に任せていたので、勝子は時に悲鳴をあげ、いつもヒステリックになっていた。子供に手のかかる頃は、子守りを雇ったり、実家から自分の母を呼んで面倒を見てもらったりしていたが、決して義母の美弥子には子供の面倒を見てもらわなかった。

いち子たち夫婦は、この頃から年に一度海外旅行に出かけることにした。昭和三十五年、もはや戦後とは言えないほど日本の復興は著しかった。しかしまだ海外旅行は一般的でなく、一部のお金持ちの人たちのものであった。

いち子たち夫婦は、以前から憧れていたハワイに旅した。暑いけれど湿気がなく、爽やかな風が吹いて、とてもリラックスできる所であった。その後三度も訪れ、他にはスイス、イタリア、アメリカ、カナダ、スペインなど旅し人生の良き思い出を作った。

こうして三家族はお互いに干渉せず、しかし、いち子は常に義父母の健康を気遣いながら、結婚以来十七年の歳月が流れた。

院長の死

院長は高齢のため、昭和四十三年頃から第一線を退き、息子の治夫が院長となった。外科は他の外科医を雇った。以後、悠々自適の生活を送っていたが、その頃から食欲がなく段々と痩せてきた。胃、腸にも異常所見はなかったので様子を見ていたが、六か月後に食道に大きい癌が見つかった。すでに肺にも転移があったため、特に癌の治療は行わず、昭和四十七年五月、院長は眠るがごとく逝去した。享年七十八歳であった。

葬儀、満中陰の法要はすべて長男の隆が行った。隆は最近、母親から「父さんは遺言書を残している。正式なもので、三州信託銀行に保管してある」と聞いたので、満中陰の法要後に遺言書を開けてみることにした。銀行の行員はおもむろに遺言書を開いて読み上げた。

「大林隆、いち子夫妻について。夫の隆はサラリーマンであり、定年退職後は年金生活である。妻のいち子は我々夫婦に対してまた長男の嫁としてよく尽くしてくれ、病院では看護婦としてよく働き、他の看護婦を指導し模範となった。よってこの二人には二千万円を与える。治夫夫妻には一千万円を与える。残りはすべて妻の美弥子に与える」

三州信託銀行の行員は、読み終えるとその遺言書を皆の前に広げた。隆は行員に言った。

「ご苦労様でした。治夫、何か意見があるかね？」

「僕は何もない」

「いち子、お前は意見があるかね？」

「何もありません」

その時、勝子は怒りで顔を赤くして言った。

「隆兄さん夫婦が二千万貰うなら、我々夫婦だって当然同じ額を貰うべきです。私だって今までにどれだけ多く、実家から薬代金の融通をしたか分かりませんもの」

その時、夫の治夫は叱るように大声で言った。

「勝子、お前は黙っていなさい。これは親父が決めたことだ。みんな黙って従うのが筋というものだ。兄さん、勝子が勝手なことを言ってすまなかった」

「これは親父が書いたもので誰に相談したものでもない。親父の本当の遺志だ。我々はよほどのことがない限り、厳粛に受け止めるべきである」

隆が言うと勝子は不服そうな顔をしたが黙ってしまった。

夫の落石事故死

隆は役所勤務の傍ら、趣味としてフルートを演奏し音楽を楽しんだ。音楽好きの仲間四人が集まって楽団を作り「ミドルボーイズ」と名乗り、ジャズ、軽音楽などを演奏した。

昭和五十年六月の中旬、隆は音楽仲間の四名で和歌山県の奥座敷、湯の峰温泉に一泊の予定で慰安旅行に出かけた。湯の峰温泉は和歌山県のほぼ中央に位置し、その昔、天皇や上皇が熊野古道を通って熊野大社詣でをする際には、必ず参詣前に湯の峰温泉に立ち寄って一泊し、身を清められたのである。泉質は単純硫黄泉で混濁し、硫黄の臭いがプンと鼻を突き、何とも言えない良い心地である。

隆たちは観光タクシーを利用した。ちょうど、梅雨の最中で雨がシトシトと降っていた。

奈良の五条を過ぎると、道は山また山が続き幾つもの九十九折りを縫ってゆく。車の窓から見ると、すぐ下は深い谷底になっていて、反対側は山の崖が道端まで迫り、所々には落石防止のネットがかけてあった。新緑が雨に濡れて目に染みるように美しかった。

夜九時頃、いち子は受話器を取った。夫からである。

「俺だよ、食事も美味いし、風呂もいいし、みんな楽しくやっているよ。今度はお前と一緒に来よう。母さんは変わりないかね？　明日は十津川方面を回って帰るつもりだから、夕方六時前後になると思う。夕食は家で食べるつもりだよ。また何かあったら電話するよ」

「あなた、気を付けて帰ってね」

この時、いち子はフッと嫌な予感がした。しかし、これが夫と交わした最後の言葉になるなんて思ってもみなかった。

翌朝、隆たちは午前十時に旅館を出て迎えに来たタクシーに乗った。この時他の三人が隆に言った。グループの中で最も年長である隆は、来る時は後部座席に三人で乗ったので、帰りはゆったりした助手席を勧めてくれたのである。

「では遠慮なく」と言って、隆は助手席に座った。

十津川の国道を走っていた時のことである。突然、ドドドッと大きな音がしたかと思うと、山の崖から土と一緒に大きな石がすごいスピードで落ちてきて、運悪くちょうどそこを走っていた隆たちの乗っているタクシーを直撃した。三百キロもある大きな石はもろに車に当たり、車はその弾みで横転し、運転手は即死、隆は意識不明の重体となった。後部座席にいた者たちは、下腿、胸部、上肢などを強打したが命に別状はなかった。

幸いにタクシーの後を走っていた乗用車の男性が、この惨状を目の当たりにして近くの民家まで走り、電話を借りてすぐに救急車を要請し、警察にも連絡を取った。民家の人にもお願いして、降りしきる雨の中、横転している車を何とか起こし、運転手と隆を車の座席に寝かせて心臓マッサージをした。

救急車と警察の車は、約二十分後に到着した。とにかく、けが人五名を救急車でW医大病院に搬送した。救急隊員はいち子の連絡先を仲間から聞き、すぐに連絡を取った。

「大林いち子さんですか？　こちらは和歌山の救急隊員です。今日、昼頃ご主人さんの乗ったタクシーが落石事故に遭ってW医大病院に搬送しているところです。これからすぐに、こちらに来てください。いいですか、間違えないように来てくださいよ。W医大病院の救急外来ですよ」

救急隊員の声はうわずっていた。

「あの……夫の容態はどんなでしょうか？」

「こちらでは分かりません。医師に会って聞いてください。ただ意識ははっきりしません」

急いでいるのか電話はすぐに切れた。

いち子は心配で胸の鼓動が高鳴ってくるのを抑えて、治夫院長にことの次第を話した。

「僕は外来の診療があるからすぐに出ることはできない。午後五時に終わったら行きます。義姉さんは今すぐタクシーを拾っていってください。それから母親には僕から話しますので、今は黙っていてください」

「分かりました。ではすぐに行きます」

五名はW医大病院の救急外来に運ばれた後、隆のみＩＣＵ室に運ばれた。いち子はようやく病院に着き、すぐにＩＣＵ室に案内され担当医より説明を受けた。担当医は「こちらの部屋に来てください」といち子を説明室に誘導した。

「ご主人は、頭部打撲による脳出血及び脳挫創で意識不明です。回復の見込みはないと思います。あと何日もつか分かりませんが、よく持ちこたえても二〜三日でしょうか」

いち子はこの説明を聞いた時、頭の中が真っ白になり、一瞬倒れそうになった。だが、すぐに自分を取り戻し医師に礼を言った。

「先生、色々と手を尽くしてくださり有難うございました。それで、他の方はどんな具合でしょうか?」

「運転手の方は即死、後部座席にいた三人のうち一人は胸部打撲及び肋骨骨折、他の一人は左上腕骨骨折、もう一人の方は最も軽い左足関節捻挫です。奥さん、今は本当にお辛いですが、頑張ってください。ご主人にお会いになりたいと思いますので、看護婦を呼びます。僕は次の仕事がありますのでこれで失礼します」

暫くすると看護婦がやってきた。

「奥さん、ご主人のところに案内します。どうぞこちらへ」

ＩＣＵ室は説明を受けた部屋のすぐ傍にあった。入り口の前にもう一つ部屋があり、そこには手洗い場所があり、消毒済みの白いガウン、帽子、履物などが揃えてあった。

「奥さん、ＩＣＵ室に入るには、無菌のものを身につけねばなりません。手を洗い、マスクをし、こちらのガウンを羽織って頂き、帽子を被り履物を取り換えてください。準備ができたら、このブザーを押してください。看護婦が来てご案内します」

いち子は着替え終わると、ブザーを押した。

ＩＣＵ室は随分広く、ベッドがずらりと並び、どのベッドにも患者が横たわっていた。

何人かの患者を通り過ぎて看護婦は夫のところで止まった。

「奥さん、ご主人様ですよ」

思わずいち子は駆け寄って声をかけた。

「あなた、あなた」

しかし何の反応もなく、まるで眠っているようであった。再度呼んでみたが、同じであった。ただ頭の側に置いてあるモニターがコツコツと音を出して、心臓の拍動を映し出していた。

夕方六時過ぎに治夫院長がやってきたので、いち子は夫の容態について説明した。二人はもう一度面会を申し出た。

いち子は夫の頬を軽くつねってみた。

すると夫はほんの少しではあるが頬を歪めた。

いち子は、まだ反応がある、もしかしたら助かるかもしれないと思った。

治夫院長は言った。

「義姉さん、この様子だとそう長くはもたないと思うけど、大阪から毎日通うのは大変なので、この近くのホテルの部屋を借りましょう。そこから義姉さんは通った方が良いと思うが、如何でしょうか？」

「有難う、そうして頂ければ助かります」

治夫院長はすぐにホテルを調べて部屋を予約した。

「明日午後からは時間が取れるので、母と勝子を連れて来ます。今から一緒に帰って義姉さんは支度をしてください」

「有難うございます」

「出かける前に兄貴のことをお袋に話したら、ショックを受けて泣いていた。立ち直ってくれればいいが……」

いち子は返す言葉もなく黙っていた。

翌日、治夫院長は、午前中の診察を終えると、いち子、母、勝子の三人を伴ってW医大病院に向かった。医師の説明によると、隆の容態はほとんど変わらないという。四人は一人ずつ順番に隆に面会した。いち子には昨日の夫よりも今日は安らかな顔をしているように思えた。義母の美弥子は隆の手を握って、ただただ涙に暮れていた。

四人は一旦、予約していたホテルに引き上げた。その時、治夫院長はいち子に言った。

「義姉さん、兄貴が亡くなった時の喪主は義姉さんですから、その段取りも考えておいてください。困った時には何でも僕に相談してください。僕はどんなことでも手伝いますよ」

「有難うございます。色々とご相談しながら進めてゆきたいと思いますので、よろしくお願いします」

「それでは僕たちはこれで帰ります。急変があれば、すぐに電話ください。母さん、元気を出してください」と治夫院長は母の肩に手をかけて励ました。

その時、勝子は義母といち子に言った。

「大変なことになって辛いでしょうが、元気を出してくださいね」

こんな優しい言葉を聞いたことがない二人は、返す言葉もなくただ頷くだけであった。

翌日の午前十時頃、いち子と義母はＩＣＵ室を訪れた。医師の説明では三七〜三八度の発熱があり、血圧は下がり気味、呼吸は少し速いとのことであった。

いち子は夫の傍に行き「あなた、あなた」と呼んでみたが、何の反応もなかった。そこで今度は少し強く頬を叩いてみた。すると奇跡が起こった。夫の瞼が少し開いたのである。

いち子は驚いて再び言った。

「あなた、私です、いち子です。私が分かりますか？」

しかし瞼は再び閉じて、二度と開くことはなかった。いち子は傍にいた看護婦に尋ねた。

「夫は私の呼びかけに対して、少し目を開けたのです。これは、少しずつ良くなっているのでしょうか？」

「奥さん、残念ですけれどそれは全くの偶然ですよ。一般状態は段々と悪くなっています」

看護婦の答えを聞き、いち子は「そうでしたか」と力なく言った。

いち子に次いで義母がＩＣＵ室に入り、同じように頬を叩いて名前を呼んでみたが、何の反応も見られなかった。

三日目も同じように熱が上がったり下がったりし、呼吸は荒く心拍数は一分間一〇〇以上、酸素吸入をしていたが、何ら反応はなかった。

四日目に入った。血圧、脈拍、呼吸など安定していた。義母といち子は午前十一時頃ＩＣＵ室を訪れた。部屋に入る前に看護婦に容態を尋ねると、「今日は安定している」とのことだったので、二人は一緒に部屋に入る許可を貰った。

いち子が「あなた、あなた」と呼べども何の反応もなく、ただ眠りこけているだけであった。

そこでいち子は「あなた」と呼びながら少し強く頬をつねってみた。

すると予想もしなかった奇跡が起こった。隆が目を開けたのである。今度はパッチリと目を開けた。二人の方を見る訳でもなく、ただ目を見開いたのみであった。いち子は驚いて看護婦に知らせた。

「看護婦さん、夫の意識が戻る前兆でしょうか?」

いち子は興奮して尋ねた。

「そうではなくて、全くの偶然だと思います。きっと奥さんやお母さんの熱意が通じたのですよ。それだけでも良かったじゃあないですか」

と、看護婦は二人を慰めるように言った。

隆は十分ほど目を開けていたが、その後、スーと瞼を閉じてしまった。

その夜、ホテルの宿に帰っていち子はしみじみと義母に話した。

「お義母さん、人はよく亡くなる前に一瞬だけ病状が良くなることがあるのよ。今日、夫が目を開けてくれたのは、お義母さんと私にこの世の最後のお別れに来てくれたと思うの」

「いち子さん、ほんとにそうだわ。隆は最後の力を振り絞って別れを言いに来てくれたのよ」

二人は手を取り合って涙に咽んだ。いち子はその夜、いつ危篤の知らせが来るかと思うと、眠れなかった。

翌日午前五時頃部屋の電話が鳴った。ホテルの当直係からであった。

「もしもし、大林です」

「今、病院からの電話で『ご主人様が危篤なのですぐ来るように』とのことです」

「分かりました。すみませんが、すぐタクシーを呼んでください」

「タクシーはすぐ来ますので、フロントまで下りて待っていてください」

二人が病院に着いた時には、隆の呼吸はすでに止まり、モニターでは心臓の拍動は一直線になり、時々小さな心拍動の波形が出現していた。瞳孔が完全に散瞳し、モニターが一直線になった時、ＩＣＵの当直医は機械的に言った。

「午前五時三十分、ご臨終です」

「有難うございました」

いち子は頭を下げて礼を言った。その時、一人の看護婦がいち子のところにやってきて、

「私は責任者の林と言います。奥様とお母様は最後までよく見守られました。ご主人様は満足してあの世に旅立たれたでしょう。さてこれからの予定ですが、今から三十分後に死後の処置をさせて頂きます。三十分で終わりますので、その後はどうされますか？　大阪からお迎えの車を呼ばれますか？　それともこちらで寝台車を頼みましょうか？」

と、優しくいち子に話しかけてきた。いち子は、なるべくは治夫院長に迷惑をかけたくないので即座に言った。

「こちらで寝台車を頼んでください」

「分かりました。大体六時半にはここを出ることができますので、お二人ともそのつもりでいてください。死亡診断書と精算は明日の午前中にはできますので、もう一度取りに来てください」

「分かりました。色々と有難うございました」

いち子は丁寧にお礼を言った。

寝台車が自宅に着いたのは午前八時過ぎであった。治夫院長は、変わり果てた兄の姿に目頭を熱くした。葬儀屋と打ち合わせし、この日は仏滅であったので自宅に安置し、通夜は明日、告別式は明後日と決めた。

隆は生前に音楽関係の友達も多かったので、この突然の訃報を聞いてお参りに来る人が多かった。会場にはたくさんの生花が届き、不幸な死を遂げた隆を優しく見守っていた。

大林隆は享年五十歳。若くして突然に散ったその死を惜しむ人でいっぱいであった。

いち子は出棺の折、是非「メモリーズ・オブ・ユー」の曲を流して夫を見送りたいと思った。

葬儀屋に相談したが、葬儀屋はそんなことはしたことがないので、できるかどうか分からないと言った。しかし、いち子は何とかしてほしいと一つのカセットテープを渡した。

この曲は夫が大好きで、生前によくフルートを吹いて聴かせてくれた。いち子は何度も聴いているうちに好きになったのである。テープに入っている曲は、ピアノ、ベース、ドラムス、フルートのクアルテットで仲間と演奏したものであった。

夕方、いち子に葬儀屋から電話があった。

「奥さん、テープを流すことができるようになりました」

出棺の折、この曲が流れてきた時、いち子は万感の思いに駆られ涙がこぼれそうになった。

夫の急逝による傷心

いち子は夫の葬儀、満中陰の法要、初盆などの一連の行事、そして香典返し等をすっかり終えた頃、どっと疲れが出て、食事も取らず一日中寝込んだ。義母は心配して治夫に電話した。

「いち子さんが今日は朝からご飯も食べないで、ずっと眠ってばかりなの。どこか悪いのではないかと心配なの」

「分かった。夕方様子を見にそちらに行くから」

治夫院長は夕刻六時頃にやってきた。いち子はまだすやすやと眠っていた。

「義姉さん、義姉さん」と呼んでみたが目を覚まさなかった。院長は少し声を大きくして呼びながら、いち子の体を揺すってみた。するといち子はパッと目を開けた。一瞬きょとんとしていたが、治夫院長だと分かったので慌てて体を起こそうとした。治夫院長はそれを制して言った。

「義姉さんが今日一日、朝から食事も取らないで休んでおられるので、お袋が心配して電話してきたのです。大丈夫ですか？」

「まあ、そうだったのですか。ご心配をおかけしました。私は一連の仏事を終えてどっと疲れが出たのでしょうか。何もしないで一日中寝込んでしまいました。もう元気になりましたから大丈夫です。お二人にはご心配をかけて、すみませんでした」

いち子は起き上がって、二人に頭を下げて謝った。

いち子は突然に夫の死という最悪のストレスを身に受け、何とかやるべき行事は済ましたものの、体がそれについてゆけなかったのである。

「せめて一週間でも看病できて、会話を交わすことができたらどんなに良かったか」と思うと、諦めても諦めきれない悲しみがドッといち子を襲った。

翌朝、また起きようとしても、めまい、ふらつき、動悸があり、ようやく起き上がってもふらついて、すぐには歩けなかった。義母は心配していち子の好きな食べ物を作り、勧めてくれるも全く食欲が湧かなかった。

二日後、義母にも言わないで、そっと近くの医院に診察を受けに行った。検査結果は特に異常がなく、「自律神経失調症」との診断であった。

「大林さん、ほんとに大変でした。さぞ辛かったでしょうが、一度、家を離れて実家にでも帰って、ゆっくり養生されては如何ですか？　必ず治りますよ」

医師はにこやかに笑って、いち子を励ました。

「有難うございました」

お礼を言って医院を出た。帰りに病院に寄り治夫院長に会い、お話があるので帰りに我が家に寄ってほしいと伝えた。

その夜、いち子は治夫院長に今日の診察の結果を伝えた。治夫院長はすぐに言った。

「義姉さん、僕は仕事に追われてばかり、義姉さんに負担をかけてすまなかった。是非実家に帰って、ゆっくり養生してください」

義母もすかさず言った。

「いち子さん、一日も早く実家に帰ってゆっくりしなさい。私のことは松さんがいますので、心配いりません」

こうしていち子は実家のある安曇野に帰って、暫く養生することになった。

実家はすでに弟夫婦の代であった。

弟の嫁はまだ若いのに、特によくできた人で、何かにつけて義母の美根を立てて上手に接しているので、これまでに嫁姑の問題など一度もなかった。いち子の母美根の時は姑かちすれば、気に入らない嫁であったので、随分といじめられた。この辛さを知っている母は弟の嫁を大事に思い、可愛がった。そんな雰囲気の実家なので、一家の皆がいち子をあたたかく見守り、いち子もまた母に十分甘えることができた。

こうしたあたたかい雰囲気と家庭の中で、いち子の自律神経失調症は徐々に回復し、一か月後には大阪に帰ることができた。

職場復帰

いち子は九月一日より前の職場に戻った。今まではどんなに辛いことがあっても、夫の大きな包容力に包まれて回復することができたが、これからは一人で対処してゆかねばならない。「これからはもっと強くならねばいけない」と心に誓った。

「寂しくなりましたね。でもお元気そうで何よりです。これからもよろしくお願いします」

多くの職員は喜んでくれた。そして患者たちも言った。

「いち子さん、待っていたよ。寂しくなったと思うけどまた頑張ってね」

いち子の心は再び弾んだのである。

九月早々、理事会が開かれた。理事は十名、いち子も、治夫の妻である勝子も理事であった。

先ず、理事長も兼ねている治夫院長は、経営方針を述べ、経営も順調に伸びていると述べた。次いで事務長より、各部門も特に問題はないが、やはり看護部門で不足が出ているので、パートを雇って、時間勤務で補っているとの説明があった。特に問題になるようなこともなかったので暫く雑談した後、理事会は終わろうとしていた。

その時である。勝子が立って声もあらわに言った。

「いち子さん、いくら夫が亡くなって悲しいとはいえ、二か月も休むなんて非常識です。病院全体の看護婦が迷惑を被っているのです。自分勝手な行動は困ります」

と声高に喋った。いち子は言った。

「院長に許可を頂いております」

「院長も院長です。慶弔の休暇は七日から十日と決まっております。いち子さんといえども二か月も休むなんて許されません」

いち子は咄嗟に思った。「私が心の病気で休養が必要であったことを院長は勝子に伝えてないのだ」と。

しかし、ここで私がいくら説明しても勝子の興奮が余計に高まるだけと思い、黙ってうつむいていた。

すると院長は声高に言った。

「勝子、この問題はもういい、止めなさい。これには訳があるのだ」

事務長はこの場の雰囲気を察して慌てて言った。

「それでは今日の理事会はこれで終わります」

いち子はこの場において、言うべきことも言わないで我慢していたことに対して、「早や勝子に一本やられた」と残念に思った。

第五章　義母の痴呆症

頭の黒いねずみ

いち子が結婚して大林家に来た頃の話である。

治夫、勝子夫婦の長男・浩が三歳の頃、勝子は浩を連れてデパートに買い物に行ったことがあった。勝子はめったに義母のところに顔を出さないが、何を思ったか帰りに寄ってみようと思った。ちょうど美味しそうな蟹弁当を見つけたので、土産に三人分買って持っていくことにした。

「お義母さん、こんにちは。お久しぶりですね」

めったにないことで、しかも突然にやってきたので義母はびっくりした。

「こんにちは、浩ちゃんは一段と大きくなって元気そうだね。私も今、買い物から帰ったばかりなの。さあ、上がってお茶でも飲んでいきなさい」

義母はお手伝いの松に、お茶とオレンジジュースとお菓子を持ってこさせた。

「お義母さん、今日は美味しそうな蟹弁当を見つけたので三人分買ってきました。夕食には是非召し上がってください」

義母は「何か苦情でも言いに来たのか？　それとも治夫との間に何かあったのか？」と一瞬思ったが、口には出さなかった。

「まあ、美味しそうなお弁当ね、今夜頂きますわ」と言って受け取った。

二人が世間話をしている間、浩はじっとしていない。先ず、テーブルの上に置いてあったがま口型の小銭入れが目に留まった。浩は暫く面白がって財布を開けたり閉めたりしていたが、それにも飽きてしまったのか、テーブルの傍に置いてあった勝子の手提げバッグの中に、ポンと投げ込んだ。浩は部屋の中を走り回るので、勝子は慌てて浩を連れて帰ろうとした。

「お義母さん、浩がじっとしていないので連れて帰ります」

「そうね。美味しいお弁当を頂いて有難う」

勝子は慌てて浩を連れて帰ったので、手提げバッグの中まで見ていなかった。夜になって初めて、バッグの中に義母の財布が入っていることに気付いた。明日とりあえず電話し、近いうちに返しに行こうと思った。

ところが翌日、電話することをすっかり忘れてしまった。結局、五日後にようやく返したのである。

一方、義母は勝子たちが帰って暫くして財布のないことに気付いた。確かにテーブルの上に置いた筈なのに、ないのである。財布を手に持っていたので、帰り道で落としたのかもしれないと思った。或いはレジに忘れているかもしれないと思い電話して聞いてみた。レジにも忘れていなかった。

これだけ捜しても見つからないということは、警察に「届け物」として預けられているかと電話で問い合わせてみるも、届け出はなかった。

義母の小銭入れの中には、大した金額は入っていなかったが、特別の思い出の財布であった。まだ新婚の頃、夫と二人で箱根に旅した時、箱根特選の寄木細工の財布を夫が買ってくれたものである。一生懸命に捜しているのに、勝子からは何の連絡もなく、五日後にようやく返しに来たのである。その時、勝子の言葉は「子供のしたことだから仕方ない、それに小銭入れだからお金も少ししか入っていなかった」と言わんばかりで、一言の謝りもなかった。

勝子は帽子が好きで、この日もおしゃれ用の室内外で被れる黒い帽子を被っていたので、義母にはその印象がずっと心に焼き付いていた。

義母はこの時の勝子の態度が、よほど頭に来たのであろう。以後、義母は痴呆症が現れると勝子のことを「頭の黒いねずみ」と言うようになった。

物忘れの進行

義母は隆が亡くなってから、時々物忘れをするようになった。

「いち子さん、私は昨日、一日中何も食べてなかったの。でもお腹が空かなかったわ」

「お義母さん、そんなことはありませんよ。朝は私と一緒にパンとヨーグルト、サラダ、そしてりんごを食べましたよ。昼は松さんと一緒にカレーライスを食べ、夜は私と一緒にご飯と味噌汁、鯛の煮つけを頂きましたよ。お義母さんは美味しいと言って食べましたよ」

「思い出しました。そうでしたね」

またある日、デパートに買い物に行く約束をして、義母は先に家を出た。いち子は午前中勤務があるので、午後二時に丸大デパートの入り口で待ち合わせした。いち子は一時間以上待ったが、とうとう義母は姿を見せなかった。仕方なく公衆電話で家に電話してみた。松が電話に出て、「奥さんは先ほど帰って来られました」と言う。

いち子はあっけに取られた。その時は腹が立ったが「お年だから仕方ない」と自分に言い聞かせ、買い物を済ませて帰った。

義母はいち子の顔を見るなり謝った。

「いち子さん、ごめんなさい。すっかり約束したことを忘れてしまって。いち子さんには気の毒なことをしました」

義母はいち子に平謝りに謝った。いち子は義母に強く注意するつもりでいたが、こうして謝られると「お年だから仕方ない」と思い優しく言った。

「お義母さん、いいのですよ。誰だって忘れることはありますよ。気にしないでくださ い」

それからの義母はひどい物忘れもなく暮らしていた。

約一年が過ぎた頃より、義母は、一日のうちに何度も仏壇の前に座って、何やら話しかけている様子であった。

「お義母さん、いつも仏壇に向かって誰とお話ししているのですか？」

「隆が私を呼んでいるのです」

その他におかしい行動も見られなかったので、いち子はあまり気に留めなかった。

ある日、お手伝いの松に「若奥さん、お話があります」と呼ばれた。

松の話は次のようなものであった。

今日の午後二時頃、奥さんは『隆が来るから迎えに行く』と言って、服を着替えて出ていかれました。私はおかしいと思ったのでそっと後をつけてみました。

奥さんは駅まで行かれ、改札口のところでじっと立っておられました。十分ほど待っておられましたが、また家に戻られました。私は素知らぬふりをして『奥さん、どこに行って来られたのですか？』とお聞きしました。

「駅まで隆を迎えに行ったのですが、都合が悪くなって『今日は来ることができない』と連絡があったので、帰ってきました」

「そうでしたか。今度から連絡があれば私も一緒に行きますので教えてください」

「有難う」

この時の義母の様子はごく普通であった。

「若奥さん、その後は何もおかしな行動はなかったですよ」

いち子は言った。

「よく義母を見守ってくれたわね。また何かあったら教えてね」

その後、義母は相変わらず仏壇の前に座っていることが多かったが、幻視、幻聴もなかった。

ある日の夕食時、いち子は義母に聞いてみた。

「お義母さん、先日の午後、どこかに出かけられましたか？」

「いいえ、どこにも行っていませんよ」

「隆さんが帰って来られたのではありませんか？」

「隆はもうとっくに亡くなったのに、帰って来る訳がありません」

義母の日常生活は、ほぼ正常なのに、稀に幻視、幻聴が起こる。そうすると、異常行動に出るのである。

徘徊

隆が亡くなって五年目頃より、義母の痴呆症状は段々と進んできた。義母は八十三歳になっていたが、家の中はゆっくり自力で歩き、外は杖を突いて歩いていた。

ある日、総婦長が勝子のところにやってきて言った。

「今夜の夜勤の看護婦が急用で勤務できないと言ってきました。いち子婦長は、今日夜勤明けでお休みですし、私も所用があります」

勝子は黙って聞いていたが、

「いち子さんに頼んでみたら？　その代わり今夜は私がお義母さんのところに行って面倒を見るわ」

「いち子婦長さんは連直になるのでお願いしにくいです。勝子様から頼んでもらえませんか？」

「それは自分の仕事ですよ。自分で頼みなさい」と、勝子に一蹴された。

いち子は二夜連続で夜勤はしたくなかったが、代わりはなく、平身低頭で頼む総婦長を見て、仕方なく夜勤を引き受けた。

いち子は義母に話した。「お義母さん、今夜、私は夜勤をすることになったので、勝子さんがここに泊まってくれますから安心してください」

「いち子さん、急なことで大変だわね。私のことは心配いりませんよ」

いち子は安心して午後四時過ぎに家を出た。

義母は義父が亡くなった時、寂しいからと言って遺骨の一部を小さな骨壺に入れ、その骨壺を骨箱に入れていつも仏壇の傍に安置していた。

義母は今まで正常だったのに、勝子が来ると聞いてから急に落ち着かなくなった。頭の黒いねずみが来て、「骨箱を持っていってしまう」とでも思ったのか、その骨箱をどこかに隠そうとした。あちこちと隠す場所を探したが、適当な場所が見つからず、慌てて台所の冷蔵庫の中に入れた。

やがて午後五時過ぎ、勝子は例の黒いおしゃれ用の帽子を被ってやってきた。

「ご免ください。勝子です」

この時、お手伝いの松が対応に出た。

「さあ、上がってください」

松は二階にいた義母を呼びに行った。その時、義母は言った。

「頭の黒いねずみが来たのかね？」

松は返事に困って「勝子様がお見えですよ」と言った。

「勝子さん、ご苦労さんです。私ならこんなに元気ですよ」

「お義母さん、今晩は私が泊まりますから安心してください」

松が二人にお茶を出して一服した。義母は急に部屋の中をウロウロし始めた。

「奥さん、どうかなさいましたか？」松が聞いた。

「仏壇の傍に置いてあった主人の骨箱がないのよ」

「いつも置いてあるのにおかしいですね。私が今朝掃除をする時は、ちゃんとありましたよ」

勝子は今来たばかりであったが、二人があちこち捜しているので手伝わざるを得なかった。さすがにいち子の部屋には入らなかったが、義母と松がいち子の部屋まで入ってみた。当然だが何も見つからなかった。

勝子はふと義母が寝起きする部屋の布団をしまう押し入れを開けてみた。開けた途端に、ちょうどてるてる坊主の頭大のものがちり紙に丸めてあり、それが落ちてきて勝子の顔にポンと当たって下に落ちた。勝子は「何だろう?」と思い、拾って開けて見た。

「あっ」と驚いた。それは二〜三日は経っていると思われる小さな便の塊で、もはや干からびて臭いもなかった。勝子は松に言った。

「松さん、こんなことはよくあるの?」

「いいえ、私が見たのは初めてです。勝子奥様、すみませんでしたね」

勝子は黙って何も言わなかった。

「勝子奥様、どうかこのことは奥様には言わないでください」

「分かったわ」と勝子は言った。

骨箱を捜していたら夕食の支度が遅れるので、松は食事の支度に取りかかった。

「松さん、私も手伝うわ」と珍しく勝子が申し出た。松は炊飯器のスイッチを入れ、冷蔵庫から野菜を取り出そうとして扉を開けた途端、そこに捜している骨箱があった。

松はまさかこんな所に骨箱があるなんて思いもよらなかったので、びっくり仰天した。

「奥さん、旦那さんの骨箱がありましたよ。冷蔵庫の中にありました」

松が言うと、

「まあそんな所にあったのですか」

と、自分が少し前に入れたことなど全く忘れていた。

義母は骨箱を仏壇の前に置き、暫く座っていた。

勝子と松は夕食の支度を終え一服し、松は義母に先にお風呂に入るように勧めるために仏間に行ってみた、しかし、そこには義母の姿がなかった。ひょっとしてお手洗いかもしれないと思い、そこも見たが、いなかった。

松は段々と不安になって、勝子に報告した。

「勝子様、奥様がどこにもいらっしゃらないのです」

「そんな筈がありませんよ。先ほど骨箱が見つかった時は嬉しそうになさっていたのに……」

「じゃあ、もう一度二人で捜してみましょう」

二人は大きい声を出して、「お義母さん、お義母さん」と呼び捜してみたが、どこにも見つからなかった。

松はふと玄関に行ってみた。そこには義母の杖はあったがいつも履く靴がなかった。

「勝子様、奥様の靴がないのです。普段に履く靴はいつも玄関に脱いでおかれます」

「それでは黙って外に出ていったのかしら？　こんなことは時々あるの？」

「いいえ、黙って出ていかれることはほとんどありません」

「大変なことになったわね。すぐに夫に電話して皆で手分けして捜さなきゃいけないわ」

午後六時過ぎ、外はまだ十分に明るかった。暫くして、治夫は病院の職員三名を連れて慌てふためいてやってきた。

治夫院長は松と応援に来た三人、そして治夫夫婦の二つのグループに分け、これから一時間捜して見つからない場合は、警察に届けるから一度帰って来るように指示し、別々の方向に分かれた。治夫院長と勝子はもう一度家の周りを捜したが、無駄であった。

この時、治夫院長の足は自然に駅の方に向かって歩いていた。一応、駅員に母の年齢、体型、着ていた服装などを話して心当たりはないか聞いてみた。駅員の返事は連れないものであった。

治夫院長は駅員にお礼を言っている時である、体の中に何か分からないがインスピレーションのようなものが走った。

「そうだ、駅裏の水無橋《みなしばし》の方に行ってみよう」と思い、急いでそちらへ向かった。

この駅の辺りは、昔、農家の人たちが田んぼや畠を耕し農作物を作っていた。しかし戦後、段々と農業をやる人は少なくなり、多くの工場や住宅が建って人口が急に増えてきた。農地は宅地と変わり、灌漑用の水路も埋め立てられてしまい、橋のみが残っていたのである。

橋の下は夏草が茫々と繁っていた。治夫は橋の上から下の草むらを見回してみた。すると草むらの途切れた所に、座り込んでいるような人影を見つけた。

「母だ！」と咄嗟に思い、一目散にかけていった。

「母さん、僕だよ、治夫だよ」

「隆さんかね？」

義母はあまりに咄嗟のことなので、きょとんとして「隆が来た」と勘違いしたらしい。

「母さん、僕は治夫ですよ」

「そうだ、治夫さんですね」

ようやく治夫に気付いた。

「母さん、ここは橋の下だから、早く家に帰りましょう」

治夫は勝子に駅前まで行ってタクシーを呼んでくるように言った。

タクシーを待っている間、治夫は何故こんな所に一人で黙って来たのか聞いてみた。

「隆といち子さんが、船で帰って来ると連絡があったので迎えに来たの」

「そうでしたか。それにしても黙って家を出てきたらいけないよ。皆が心配するからね」

治夫は決して怒らないで、優しく諭した。

「そうでした。ごめんなさいね」

義母は小さな声で言った。

やがて、タクシーが来たので、三人はそれに乗って家に帰った。

午後八時少し前で、辺りはすっかり暗くなっていた。やがて松たちのグループも帰ってきた。とにかく、無事に見つかり警察沙汰にもならないで、一同はほっとしたのである。

翌日、いち子は当直明けで家に帰り、松より昨日のことを聞いてびっくりした。

「お帰りなさい。お疲れでした」

義母はニコニコしていち子をねぎらった。

それ以後、徘徊はなかったが、物忘れは少しずつ増え、昼夜逆転の傾向が出て、時々いち子を悩ませることとなった。

その夜、治夫院長は病院の勤務を終えて、いち子のところにやってきた。

「昨日お袋が黙って外に出ていき大騒動だったことは聞いていると思うが、本当に困ったものです。それで一度、大学病院の専門医に診てもらおうと思い予約したところ、一週間後に受診することになったのです。いち子さんの都合はどうですか？」

「ちょうど当直明けなので私もご一緒します」

「ではよろしく頼む」と、治夫院長は帰っていった。

レビー小体型痴呆症

受診の日が来た。義母はやや緊張しているようであったが、治夫といち子がいるので安心しているようにも見えた。

医師は患者の緊張を和らげるために言った。

「私は『大木』という名前です。これから色々お聞きしますがよろしく。お母さんはとても若く見えますよ」と冗談を言った。医師は色々と質問した。

「体の調子は如何ですか？」

「はい、大変良いです」

「夜はよく眠れますか？」

「はい、ぐっすり眠れます」

「食欲はありますか？」

「はい、何でも美味しく頂きます」

「お部屋の中に、何か変なものが見えることがありますか？」

「はい、時々あります」

「どんなものが見えますか？」

義母は暫く考えていた。

「知らない人や、頭の黒いねずみが見える時があります」

「変な音や声が聞こえることがありますか？」

「はい、あります」

次いで内診を終え、大木医師は部屋の外で待っていた治夫院長といち子を呼び入れて、頭部ＭＲＩ、血液検査、諸種の心理学的検査を受けるように説明した。

大木医師は治夫院長に言った。

「ご母堂は思ったよりもしっかりしておられますね」

「はあ、それが時に色々ありまして……」

治夫院長はバツが悪そうに少し照れて言った。

その日は昼過ぎまで諸検査を受け、結果は一週間後に聞きに行くことになった。

予定通り、二人は結果を聞きに行った。

「ご母堂は痴呆症ですが、まだ比較的初期の段階です。痴呆症の中でも『レビー小体型』と言って幻覚を伴います。この型の痴呆症はわりに進行が速いと言われていますが、人によっても差があります」

「やはりそうでしたか……私の家内が行くとよく『頭の黒いねずみが来た』と言って、おかしくなります」

「それは過去に、その人との間によほどのトラブルがあって、それが一つのトラウマとなって現れるのです。そんな時は、先ず手を握ったり、体をさすってあげたりして安心させることが大事です。ご存じのように、痴呆症を治療する薬に特別なものはないのですが、少しでも進行を抑える薬を気長に飲ませてあげてください。また夜眠れないとのことですから、軽い入眠剤を出しておきます。いくら眠れないと言っても一晩に一錠以上は飲ませないでください」

二人は厚くお礼を言って辞した。

帰路、車の中で治夫院長は言った。

「義姉さんばかりにお袋の世話をさせて申し訳ない。早急に夜来てもらうヘルパーを探してみます」

「有難うございます。私は長男の嫁ですからお世話するのは当たり前ですが、夜寝かせてもらえないと翌日は大変しんどいです」

「分かります。早急に探しますので、もう少し待ってください」

「お願いします」

不眠が続いているためか、いち子は車の中でとろとろ微睡んでいた。

第六章　介護疲れ

閃輝暗点《せんきあんてん》

義母の生活は、午後四時から五時頃に風呂に入り、五時から六時前後に松と一緒に夕食を食べる。いち子も休みで家にいる時は、一緒に食べるようにしている。松は後片付けをして義母の布団を敷いてから帰るのである。

義母は夕食を終えると、居間でじっとテレビを見ていることが多い。ニュース番組などよく見て、話題のニュースについて、いち子と話をすることも多かった。

夜九時頃になると、いち子は義母に眠剤一錠を渡す。義母はそれを飲んで床に入る。だが、夜中の零時になると必ずお手洗いに起きる。それからは寝付かれないのか、布団に入らず、台所に行ってゴソゴソと何かを探しているようにも見える。

冷蔵庫を何度も開けたり閉めたりしているが、中から何かを出して食べる訳でもなかった。またガスをひねって火をつけることもなかった。居間のテレビをつけたり消したりしていることもあったが、放送が終了してテレビの画面から「シャー」と大きな音のみ聞こえてくると、自分でスイッチを切る時もあった。

いち子は義母と同じ部屋に寝ていた。義母はいち子の名前を呼んで起こすことはなかったが、毎晩のことなので、布団を頭から被って知らん顔していた。ただ、いち子は最も熟睡している時に無理に起こされると以後すぐには眠られず、どうしても睡眠不足に陥った。

一週間ほど経って、近所に住む女性がやってきた。治夫院長が募集した夜間のヘルパー三人のうちの一人であった。年齢は六十五歳、家庭環境も良く、おっとりしているようであった。

いち子は彼女に義母を紹介した。

「お義母さん、今夜から夜の間お義母さんのお世話をしてくださる浜野さんですよ」

「私は浜野と言います。今夜からお傍にいますので、よろしくお願いします」

「私は大林美弥子と言います。私なら一人で何でもできますので付き添いの必要はありませんよ」

義母は珍しく強い口調で新しく来たヘルパーに向かって言った。

「お義母さんは夜中になると起きだして、トイレに行ったり、台所に行ってゴソゴソされるので、私は眠れないのです。それで私が二階で寝ると大きい声で私を呼ばれます。私はそれからなかなか寝付かれなくて、睡眠不足になり、翌日とてもしんどいのですよ。これからは夜中に用事があれば、この浜野さんに言ってください」

「私は夜中に二、三回トイレに起きますが、いち子さんを呼んだなんて一度もありません」

義母は頑として言い張った。いち子は唖然とした。「義母はほとんど毎晩のように私を呼ぶのに、全く記憶にないのだ」と思った。とにかく、いち子は初めて来たヘルパーの浜野に簡単な説明をしてその夜は二階で休んだ。

翌朝、ヘルパーに様子を聞いてみた。

「お早うさん、昨夜は初めてなので戸惑ったと思いますが、義母の様子はどうでした？」

「お早うございます。いつものように夜中に起きだしてゴソゴソしておられましたが、そのうちに、いち子さんがいないと言って随分心配しておられました。私が『二階でお休みになっているから大丈夫です』といくら説明しても分かってもらえません。

『いち子さんが病気になったのではないか？　また遠くへ行ってしまったのではない

か?』と、同じことを何回も泣くように言われました。色々お慰めしているうちに明け方少し眠られたようです」

「そうでしたか。お疲れさまでした。早く帰って休んでください」

義母は何事もなかったかのように普通であった。ヘルパーの浜野は、三晩付き添ってくれたが、四日目には辞めさせてほしいと言ってきた。義母を説得し、いち子に迷惑のかからないようにする自信がないからと言う。治夫院長もいち子も強く説得したが、辞める意志は強かった。

次いで来たヘルパーは七十歳代の高齢であったので、二日目にはもう来なかった。

三人目は五十歳代で比較的若かったが、少し癖がありそうで一週間後には辞めてしまった。

仕方なく、また元の生活に戻った。だが、特に夜、用事もないのに不安がって呼ぶので、いち子は夜は二階で眠り、義母の声が聞こえることもあったが、下りていかないことに決めた。

ある朝、起きてみると義母が部屋にいない。いち子はびっくりして捜したところ、今回は仏間で横たわっていた。五月下旬の暖かい時だったので、風邪を引かなかったが、真冬なら風邪を引いてしまうところであった。

この頃から、義母は時々昼間でも排尿が間に合わなくて、失敗することが見られた。紙パンツをはいてもらうように勧めたが、嫌がってなかなかはかなかった。

お手伝いの松はいち子が結婚してこの家に来るより前から勤めていて、もう四十年以上になる。義母は松を心から頼りに思い、松もまた心から義母に尽くしてくれている。

いち子は思った。「松さんが夜、義母のところに泊まってくれたら、上手くゆくのではないか」。治夫院長も大賛成であった。お手伝いの松も賛成してくれた。そこで夜のヘルパーをもう一人雇い、松とペアを組んで夜間の体制を整えた。昼間のヘルパーも募集してすぐに見つかった。そして日曜はいち子が一人で見ることにした。

いち子は夜間に起こされることがなくなったので、睡眠を取れるようになったが、日曜日は義母と二人きりなので負担が多く十分に体を休めることはできなかった。

このような体制で、一年が過ぎようとしていた時のことである。

ある夜、いち子は義母が寝付いたので入浴し、風呂から上がって暫く居間の長椅子に体を横たえていた時、突然、眼前にピカッと光るギザギザ模様が見えてきた。約五分位してその模様は消えてしまった。

いち子は「何だろう?」と思っているうちに、頭の左側に激しい痛みを感じた。動くこともできず、そのまま暫く横たわっていた。頭痛は十五分ほど続いたが、スッと消えてしまった。

いち子はこの奇妙な初めての体験は何であったのかと思いながらも、その後何もなかったので、誰にも相談しないで様子を見ていた。

初めての発作があって三週間後の朝、いち子は義母が朝食を取るのを見守った後、立ち上がろうとした時、眼前に明るい視野が開けて、その視野の中に所々光るものが見えた。数秒で光った視野は消えてしまったと思うと、激しい片頭痛に見舞われ立っていることもできず、その場に倒れこんでしまった。

義母はびっくりして「いち子さん、いち子さん」と呼んだが、いち子は「頭が痛い」と言って顔をしかめ、今食べたばかりの朝食を吐き出してしまった。新米のヘルパーはオロオロしていたが、義母が院長に電話してほしいと頼んだ。

いち子は、自分がどうなったのかよく分からなかったが、思い出して院長に一部始終を話した。

「義姉さん、恐らく閃輝暗点と言う現象を経験されたのだと思う。心配はいらないと思うが、一度眼科で診て頂こう。明日なら私も時間を作ることができるので、今日のうちに大学病院の眼科に予約を取ってみます。眼科には私の友達がいますので、診察してくれると思う」

「有難うございます。いつも心配をかけてすみません」

いち子は藁をもつかむ気持ちで言った。

翌日、いち子は治夫院長と共に大学病院の眼科を受診した。治夫院長の友達である大野医師は、丁寧に諸検査を済ませた後に二人を呼んだ。

「眼科的にどこにも異常はありませんので安心してください。これは『閃輝暗点』と言ってあまりにストレスが多いと稀に出現します。あまり周りのことを気にしないでゆったりとした心を持つようにしてください」

大野医師は優しい笑顔でいち子を諭すように言った。

「大林君、ご無沙汰しているが元気で頑張っているね」

「こちらこそ、勝手な時ばかり無理を言ってすまない」

帰り道、治夫院長はいち子に言った。

「義姉さん、良かったね。安心してください」

治夫院長は運転しながら「これから母をどのようにして見守ったら良いか？」、そればかり考えていたが、良い案は何も浮かばなかった。

段々と進む痴呆症

治夫院長は、このままでは義姉にばかり負担がかかると、近くにあるA特別養護老人ホームに入所させてはどうかと思った。A特養の施設長は知り合いなので、早速電話してみた。

「ご無沙汰しております。ところで私のお袋が痴呆症になってね、昼夜逆転もあって、一緒に暮らしている義姉が夜眠れなくて困っている。入所させてもらえないかね？」

「先生、それはお困りですなぁ。ですが、こちらもベッドは常に満床で、誰かが死なないと空かない現状です。何人もの方が順番を待っておられます」

「そうだろうね。無理を言って、すまなかった。また何かの折にはよろしく頼む」

治夫院長は恥をかいたような気がして、慌てて電話を切った。

思い余った院長は、自分の病院の個室に入れて、夜は今のように付き添いを付ける、昼間は病院で介護するという案を思いついた。

院長はいち子を呼んで、この案について相談してみた。いち子は、この思いもよらない話に驚いた。

「院長、お義母さんは最近幻覚も徘徊もなく、比較的落ち着いておられるので、私の体を心配してくださるのは有難いですが、お返事を少し待ってください」

一週間後、院長はいち子と総婦長の二人を呼んで相談した。

先ず総婦長に言った。

「お袋が痴呆症で昼夜逆転があるため、夜中に起きだしてゴソゴソし、用事もないのにいち子さんを呼び起こし、かなり負担をかけている。そこでうちの病院の個室に入院させて、夜間はうちのヘルパーが付き添い、昼間は病院で面倒を見るのはどうかね？」

総婦長は驚いた。院長のご母堂は痴呆症があり、その介護が大変なことは噂では聞いたことはあったが、いち子婦長から一度も聞いたことはなかった。

総婦長は暫く考えていたがはっきりと言った。

「病気のために入院して頂くのは当たり前ですが、痴呆症だけの入院では職員が非常に気を遣います。何時、何が起こるか分かりませんので常に見守りが必要です。もし何か起こり、職員は責任を感じて辞められでもしたら最悪です。院長先生のご母堂だけに、私たち職員は非常に気を遣います」

「いち子さんには、先日お話ししてありますが、如何ですか？」

「私もずっと考えていたのですが、新しいヘルパーにも少しずつ慣れてこられたし、夜間は松さんと新しいヘルパーとで何とか間に合っていますので、私も大分楽になりました。お義母さんは入院して急に環境が変わると『帰りたい』の一点張りで、何か起こりそうな気がします。お義母さんは、やはり自宅でお世話すべきと思います」

「いち子さんの言う通りだ。今まではあまりにもいち子さんの負担が大きいので、何とか負担を少なくしようと思ったのだが……かえって余計な心配をかけたね」

以降、何人かで組んで義母を介護するようになり、いち子は少し楽になってきた、だが、日曜日は朝から晩まで一人で義母の介護に当たった。

いち子は、昼夜逆転のある義母をなるべく昼間は眠らせないようにしようと思い、できる限り義母を外に連れ出そうと試みた。近くのスーパーに買い物に行ったり、家の近くを散歩したり、時には近くの喫茶店で昼食を食べたり。また、たまにではあるが、デパートまで車に乗せて、買い物に行ったりした。

ある小春日和の日曜日の朝、朝食を終えると義母はこれから寒くなるのでセーターを買いに行きたいと言い出した。ちょうど、いち子は義母をどこかに連れ出そうと思っていたところであった。

「お義母さん、では丸大デパートまで車で行きましょう。そこでお義母さんの好きなのを買ってください」

「すまないね。嬉しいわ」

義母はいそいそと着替え、二人はデパートに行った。今回は義母の気に入ったセーターがすぐに見つかり、買い物も早く終わった。二人はデパートで昼食を取り午後三時過ぎに家に着いた。珍しく義母はコーヒーを入れていち子に勧めた。

「いち子さん、今日は本当に有難う。疲れているのに連れていってくれて嬉しかったわ」

「お義母さんの気に入ったものが見つかって良かったですね」

二人はリビングのソファーに腰かけて、テレビを見ながらコーヒーを飲んだ。

いち子は夕食の支度をするにはまだ少し早いと思い、テレビを見ているうちにとろとろと微睡んでしまった。

ふと目が覚めると小一時間は眠ったであろうか。傍に座っていた筈の義母がいないことに気付いた。「義母はどこに行ったんだろう」と思いながら、先ず仏壇のある部屋に行ってみた。

義母は、先ほど買ってきたセーターを着て夫の遺骨箱を持ってウロウロしていた。

「お義母さん、それはお義父さんのお骨箱ですから、ちゃんと仏壇の横に安置しておきましょう」と言って、骨箱を取り上げようとした。

「何をするのです」と、義母はすごい形相でいち子を睨みつけた。

再び骨箱を取ろうとすると今度はいち子の手を思い切りパチンと叩いた。反射的に、いち子は義母の手を叩き返そうとして自分の手を振り上げた。その時、いち子は思った。ここで私が義母の手を叩いてしまったらもう終わりだ。これは義母がしているのではなくて、病気がそうさせているのだ。私は優しく諭してあげるべきだ。

そして、義母に優しく語りかけた。そうすると義母は骨箱を元のところにそっと置いた。


この頃より義母の痴呆症は更に進んできた。食事も自分でお箸を持つことはできるが、ご飯ばかり食べたり、反対におかずばかり食べたり、ぽろぽろとよくこぼしたりして少しも目が離せなくなってきた。稀に尿失禁、便失禁も見られるようになった。

晩秋のある日曜日、穏やかな小春日和であった。私は、市の菊花展が近くの公園で開かれていたので、それを観に義母を連れていこうと思った。

「お義母さん、今日はお天気も良いし、近くの公園で菊花展が開かれているので観に行きましょう。お茶の接待もあるそうですよ」

　義母は浮かぬ顔をしてすぐに返事をしなかった。いち子は「あれっ」と思ったが、それほどしんどそうな様子はなかったので気に留めなかった。

　暫くして、食堂のテーブルのところに来ると、先ほどまで座っていた義母の姿が見えなかった。いち子はトイレかもしれないと思い、トイレの外から声をかけた。

「お義母さん、トイレですか？」

「はい」と中から返事があったので、ひと先ず安心した。

　だが、暫く経っても出て来ないので、心配になって再び声をかけた。

「お義母さん、どうかされましたか？」

　返事がない。いち子はドアを開けた。そこには立ったままの義母がいた。

　いち子は優しく義母に尋ねた。どうやら義母は今朝から泥状便だったらしい。一回目は用を足して、自分で拭いて新しいパンツにはき替えた。熱や腹痛もなかったので、朝食の時、いち子に報告することもないと思った。そして朝食後、トイレに行った時はもう間に合わなかった。泥状便が脚に付き、トイレの床にもこぼれていた。義母はどうして良いか分からなくなって、そのままトイレに突っ立っていたのである。

いち子はすぐにトイレから義母の手を引いて外に出し、お尻をバスタオルで包んだ。

「お義母さん、お尻を拭いてあげるから、そのまま待っていてね」と言って、お湯でタオルを濡らしお尻を拭きながら義母に聞いた。

「お義母さん、何時から下痢になったの？」

「今朝からなの」

「お腹が痛いですか？」

「そんなに痛くないのよ」

「何か下痢するようなものを食べましたか？」

「別に悪いものは食べていませんよ」

「お腹が冷えたのかしら？」

義母は何も答えなかった。

いち子はお尻や脚に付いた便を綺麗に拭いて紙パンツをはかせようとして、片一方の脚を上げてパンツに通し、次いでもう片一方の脚を上げるように何度も促したが、どうしても脚を上げようとしない。いち子は次第にイライラしてきた。

「はい、脚を上げましょう」

いち子は声を大きくして叱るように言ったが脚を上げようとしなかった。ついに苛立って、義母の脚をポンポンと強く叩いた。ようやく義母は少しだけ脚を上げたので、すかさずその脚を片手で持って支え、もう一方の手でパンツにその脚を通してようやくパンツをはかせることができた。

その後いち子は、「義母の脚を叩いてしまった」と後悔の念に駆られたが、この場合は仕方がなかったのだと自分に言い聞かせた。

同時に、こんなことが続けば、「もう私一人の介護は限界である」とも思った。

いち子はその夜、寝ながら、ふと治夫院長の言った言葉を思い出していた。

日本では平成十二年四月から、介護保険制度が始まる。この制度の趣旨は本人及びその家族の負担を守るためのものであると聞いた。残念ながら、それが施行されるのは、もう二年先になるので、義母の場合には間に合わないであろう。

第七章　義母逝く

大腿骨頸部骨折

初冬のある朝、義母は朝食を終え、いつものようにテーブルに両手をついて立とうとした。ようやく立って歩こうとした時、左脚がテーブルの脚に引っかかり左側に倒れた。「どさっ」という音に、食器洗いをしていたヘルパーはびっくりして振り返った。義母のところに駆けつけて起こそうとしたが、左脚を非常に痛がって、どうすることもできなかった。

「奥さん、待っていてください。すぐにいち子さんに電話して来てもらいますから」

ヘルパーは義母の背中をさすりながら励ました。

いち子は勤務中だったので、二十分後にあたふたとやってきた。

「お義母さん、どこが痛いのですか？」

義母は指で自分の左大腿部を指した。いち子は直観的に骨折しているのではないかと思った。とにかく、病院に搬送してレントゲンを撮らねばならないと思い、すぐ病院に救急車を要請し、治夫院長にもことの次第を説明し、これから救急車で運ぶ旨を告げた。

レントゲン検査の結果は、予想していた通り左大腿骨頸部骨折で手術が必要であった。

いち子は治夫院長と相談し二階の個室に入院させた。看護体制も今まで通り、夜は松ともう一人のヘルパー、昼は今のヘルパー、日曜日はいち子ということにした。

治夫院長は外科医の河合医師と相談し、手術は五日後、大学病院から一人応援の医師を頼むことにした。

治夫院長は母の部屋に駆けつけ、

「母さん、痛かっただろう。でも、もう安心していいんだよ。手術したらまた元通りに歩けるようになるから」

と、母の手を握って励ました。

「みんなに迷惑をかけてすまないね。お前も忙しいのによく来てくれたね」

五日後、全身麻酔のもとに義母の手術は無事に終わった。

手術した夜はいち子が付き添った。

「いち子さん、ここはどこなの？」

「治夫院長の病院ですよ。お義母さんは脚を骨折して手術をしてもらったのですよ。もう痛みませんか?」

「まあ、そうだったのですか。脚は痛まないが、体のあちこちが痛いの。起きてトイレに行きたいのよ」

「手術が終わったばかりでまだ動けないのよ。おむつをしているからそのまま済ませてください」

「でもトイレに行かないと、なかなか出ないのよ」

「そのうちに出ますよ。お義母さん、口が渇くでしょう。冷たいお茶を上げましょう」

いち子は冷蔵庫に冷やしておいたお茶を吸のみにとって義母の口に含ませた。

「ああ、美味しい、もう少しください」

義母はおかわりをねだった。


抜糸を終えて、いよいよリハビリの時期に入った。

初めは介助によりリハビリ室に行っていたが、三週間もすると自力で車椅子に乗れるようになった。義母は家に早く帰りたいとの一心でリハビリは熱心に行い、四週間後には歩行器を使ってゆっくり歩けるようになった。

「お義母さん、かなりしっかりと歩けるようになって良かったですね。転ばないように気を付けてくださいよ」

「有難う、私は早く家に帰りたいので頑張っているの。先日もお父さんや隆から電話があって、早く帰るように言っていたのよ」

この義母の言葉を聞いた時、いち子は「スー」と背中を冷たい風が通り抜けるような薄ら寒いいやな予感がした。

義母は親戚の者が見舞いに来ても、ほとんど名前が思い出せない。勝子は依然として頭の黒いねずみ、孫たちの名前もあやふや、はっきりと思い出すのは、治夫院長、いち子、お手伝いの松の三人であった。時々幻覚があるが、行動に出ることはなかった。

義母の痴呆症が一段と進んだ。こんな状態で家に帰れば、一刻も目を離すことができず、また同じ轍を踏むことになると、いち子は思った。

いち子はその夜家に帰り、はらはらと落ちる庭の紅葉に誘われ、急に夫が生前に仲間と吹き込んだ「枯葉」の音楽を聴きたくなった。ピアノ、ベース、フルート、ドラムスのクアルテット演奏を聴いていると、懐かしい夫や安曇野にいる母を思い出して、涙がこぼれた。

遠くで夫の声が聞こえたような気がした。

「お袋が心配ばかりかけてすまないね」と。

正月の一時帰宅

やがて正月が来た。義母は八十八歳になった。正月には是非帰りたいと言うので、治夫院長は主治医の許可を貰って、一泊の予定でいち子と二人で家に連れ帰った。

家の中は段差も多く、危ないのでいち子は付きっ切りで義母の介護をしなければならなかった。治夫院長は母がこんな調子では少しも目が離せないので、今夜はここに泊まって母を見守ることにした。

その晩いち子は、治夫院長に銚子を一本付け、義母には正月の料理を細かく刻んで出した。

いち子はこんなに義母の喜んでいる顔を今までに見たことがなかった。その夜はいち子を起こすこともなかった。

翌日、義母は「病院に帰らない」と言ったが、治夫院長は何とか説き伏せて病院に連れ帰った。

正月の外泊後、自信が出来たためか、夜中に「家に帰る」と、ベッドから降りようとした。看護婦はベッドから降りられないように、ベッドの周りを四つの柵で囲んだ。それでも時には、ベッド柵をまたいで降りようとした。ヘルパーは危ないので看護婦の詰め所に連絡した。

看護婦は、電話で治夫院長の許可を貰って、義母の胴回りを抑制帯で固定して降りられないようにすることもあった。そうすると今度は大声を出すので、鎮静剤の注射をしなければならない時もあった。

このような夜間不穏な日が続いても、義母は家に帰りたい一心で、翌日午後からは元気にヘルパーと歩行練習に励んでいた。

二月に入って義母は段々と食事を食べなくなった。食事は全介助で水分のみ少しずつ飲み込めるが、とろとろのお粥でもなかなか飲み込もうとしなかった。

このような嚥下障害が現れてから一週間後、三八～三九度の高熱が出た。咳はその割には少なかったが、その後も熱は三七度前後の微熱が続いた。主治医は誤嚥性の肺炎を疑って胸部レントゲン写真撮影した。結果は右肺のほぼ全域に肺炎の所見を認めた。主治医はレントゲン写真を持って院長に報告した。

「院長、ご母堂は誤嚥性肺炎に罹っておられ、せっかくリハビリで歩けるようになったのに申し訳ありません」

「いやいや、我儘な患者ですまない。大変だと思うがよろしく頼む」

院長は主治医に頭を下げて今後のこともお願いした。

義母は絶対安静となった。酸素吸入をし、栄養は経管栄養と言って鼻腔から細い管を十二指腸まで入れて、一日三回そこから栄養剤を注入した。排尿はバルーンカテーテルを膀胱に入れられ、管だらけの状態になった。

いち子は義母を励ました。

「お義母さん、すぐに良くなりますからね。そのためには今の辛抱が大事ですよ」

義母は微かに首を縦に振って頷いた。

抗生物質の点滴が効いたのか、三七度前後の発熱は五日ほど続いたが、あとは発熱なく体調も次第に回復してきた。

三週間後、再度のレントゲン撮影では前回の右肺の白い影はほとんど消失していた。酸素吸入カテーテル、バルーンカテーテルは外された。

ただ、鼻腔カテーテルも一旦外して、口から流動食を少しずつ与えてみたが、全く飲み込もうとしなかった。仕方なく、また鼻腔カテーテルが挿入された。

義母はまた前のリハビリの生活に戻った。すべて介助が必要であったが嫌がらずにリハビリも頑張った。

「いち子さん、こんなに歩けるから家に連れて帰ってください。お父さんや隆が待っていますから」

「お義母さん、お義父さんも隆さんもとっくに亡くなったのですよ。それに今は最も寒い時ですから、もっと暖かくなって桜の花が咲いたら、治夫院長と一緒に観に行きましょう」

「いち子さん、今は夏ですよ。もう、桜の花は咲いていませんよ」

「お義母さん、今は二月で冬ですよ。最も寒い時期ですが、もうすぐ春が来て桜の花が咲きます」

義母は信じられないという顔をしていたが、それ以上何も言わなかった。

三月に入り二、三日咳をしていたかと思うと、痰がごろごろと喉に絡むようになった。時々発熱もあった。

レントゲン検査の結果、今回は肺の両側が白くなり、所々斑状になっていた。喀痰も多くなったので頻回に吸引しなければならず、また元の管だらけの状態になった。

あれだけ帰りたいと言っていた義母は、ほとんど話をしなくなり、とろとろと眠ってばかりであった。

いち子は勤務時間以外ほとんど義母の病室にいて、ヘルパーと共におむつ交換、体位変換、痰の吸引などをした。時には義母を励ますように言った。

「お義母さん、暖かくなったら桜の花を観に行きましょうね。必ず治るから頑張ってください」

「有難う」

時には義母のか細い言葉が返ってくることもあったが、何の反応もないことが多かった。

主治医は肺にも少量の胸水が溜まり、心不全を併発していると思って、治夫院長に相談した。

治夫院長は言った。

「よくここまで治療してくれました。もうこれ以上いたずらに命を長引かせても、本人にとっては苦痛と思う。自然にしてやってください」

主治医は「分かりました」と答えて院長室を後にした。

翌日、治夫院長は勝子や子供たち三人を連れて、義母の病室にやってきた。

「母さん、僕だよ、治夫だよ、分かるかね? もうすぐ桜の花が咲くから、観に行こうね」

義母はぱっちり目を開けていたが何の反応も示さなかった。傍からいち子が言った。

「お義母さん、息子の治夫院長ですよ」

しかし義母は何の反応も示さなかった。念のためにいち子は試してみた。

「お義母さん、私は誰だか分かりますか?」と、自分の人差し指で自分の顔を指して言った。

「いち子さんです」と、か細い声で言った。

「母は僕が息子であり、その名前さえも忘れてしまっている」と、治夫院長は言った。

傍にいたいち子は、院長の目頭に白い涙がきらりと光っているのを見た。

義母は、勝子や孫たち、親戚が見舞いに来ても誰一人名前は覚えていなかった。ただお手伝いの松が来ると嬉しそうに「松さん」と言って手を差し伸べるのであった。

翌日、義母は高熱が出て一日中とろとろと眠っていたが、夜になって解熱しふと目を覚ました。傍で眠っていたいち子を呼んだ。

「いち子さん、有難う」

その声はか弱く一言一言たどたどしい言い方であったが、いち子にははっきりと分かった。慌てていち子は義母の手を握り返した。

「お義母さん、私こそ長い間お世話になり有難うございました」

いち子はぽろぽろと大粒の涙を流し、これだけ言うのが精いっぱいであった。

その後、義母を何度も呼んでみたが反応はなく血圧も下がり脈拍も微弱であった。いち子はすぐに治夫院長に電話した。

日付が変わって三月二十五日午前五時に、主治医が臨終を告げた。

義母は治夫院長夫妻、いち子に看取られて天国に旅立っていった。

第八章　人生の儚さを想う

母とつかの間の生活

　義母の葬儀には、豊科の実母と弟も出席した。弟は葬儀が終わるとすぐに帰ったが、母はいち子が一人になるので寂しいだろうと、四十九日の法要が終わるまで、いち子と一緒に過ごすと言ってくれた。

　いち子は「私がここまで来れたのは、この母があったればこそ」と、いつも思っている。なのに、何の親孝行もできないで過ぎてしまった自分が恥ずかしかった。半面、思い切り母に甘えてみたかった。

　いち子は、子供の頃、父が戦死した頃、母を助けようとして一生懸命に勉強した頃、失恋した頃、遠く離れて大阪に嫁いだ頃など走馬灯のように思い出して母と語り合った。母は昔の面影そのままで、腰も曲がらず、年齢よりも若く見え痴呆症もなく非常に元気であった。私は気になっていた田岡病院の院長先生のことを聞いてみた。

「母さん、田岡病院の院長先生は今頃どうしておられるかしら？」

「同じ豊科村に看護婦になった娘がいて、田岡病院で働いているの。その娘の母親をよく知っているから、聞いた話では、院長はもう大分前から病院を辞めて、家で療養しておられるそうよ。今は長男の方がまだ若いのに院長になってバリバリと仕事をなさっているそうよ」

いち子は母の話に一抹の寂しさを覚え、「まあ、そうなの」と、力なく言った。

「それでね、お天気の良い日は午後から必ず奥さんが車椅子に乗せて、近所の公園を散歩したり、カセットテープで音楽を聴きながら日光浴をされるそうよ。一、二時間位は公園におられるみたいだよ」

この時、いち子は先生に一度会ってみたいという衝動に駆られた。

四十九日の法要も無事に終わり、いち子は治夫院長の許可を得て母を豊科の実家に送り届けることにした。

いち子は車窓から外を眺めながら、「母と二人でこのように汽車に乗れるのは、これが最後かな?」と思ったりした。

「母さん、これからも時々大阪に来てよ。私が送り迎えするから。私は一人になってほんとに寂しいのよ」

「そうねえ、元気だったらね」

「母さんは元気だからできるわよ」

豊科の実家では弟夫婦が待ちかねていた。弟夫婦の子供たちは大きくなってそれぞれ独立していたので、今は母と弟夫婦の三人暮らしであった。いち子たち兄弟姉妹や弟夫婦の子供たちも集まり、総勢十人となり賑やかであった。

「今日はいち子姉が久しぶりで帰ってきた。姉は義母の介護と自分の仕事で大変であったが、よく面倒を見てあげたそうだ。いち子姉の慰労のため、家内と相談して今晩みんなで食事をしようということになった。さあさあ、みんな十分に食べておくれ」

と弟が挨拶すると、すぐに嫁がいち子のところにビールを注ぎに来て言った。

「お義姉さん、ほんとに長年よく頑張られましたね」と、労をねぎらった。

「思いもよらない歓待に感激しています。元気な皆さんに会えて嬉しいです」

いち子はこれだけの言葉を言うのが精いっぱいであり、あとは涙で言葉にならなかった。

人生の儚さ、切なさを思う

翌日、いち子は母に相談した。

「母さん、私、一目でいいから田岡先生に会ってみたいの。もちろんお宅にお伺いすることはできないので、近くの公園に車椅子で日光浴されると聞いたので、その時間帯に公園に行って、遠くから先生のお姿を見るだけでもいいのよ」

「運よく会えるかどうか分からないが、お前がそうしたいのなら気のすむように行ってみなさい」と、母は賛成してくれた。

いち子は急いで支度をして、松本に行った。まだ早かったので、昔懐かしい駅の待合室を見ようと思って行ってみた。駅内の様子や待合室も立派になって昔の面影はほとんどなかった。

松本に着いたのはちょうど昼頃だったので、田岡病院の近くにあるロケット公園で食べようと思って駅でパンとジュースを買った。

公園は広く、その一画に、ブランコ、シーソー、滑り台、小さい鉄棒、子供の遊ぶ砂場などがあり、日曜日のためか多くの子供たちが遊んでいた。いち子はベンチに腰かけ、パンを食べながら子供たちが遊ぶのを見るともなく見ていた。そして心の中で「どうか運よく田岡先生にお会いできますように」と祈った。

午後一時半頃であった。ふと見ると公園の入り口から、車椅子を押しながらゆっくりと人が入ってくるのが見えた。いち子は咄嗟に「田岡先生と奥様だ！」と思った。

二人とも日焼けを避けるためか、つばの広い帽子を被っているので、顔はほとんど分からなかった。

いち子の想いが先生に通じたと思った。

車椅子は公園の端にある散りかかった桜の木の下で止まった。いち子はお顔を見たいと思ったが、日よけ帽子を被っているのでどうしても見えなかった。いち子は思わず車椅子のところまで走り寄って、その人に会釈した。しかし、車椅子の人は何の反応も示さなかった。

傍にいた上品な女性が言った。

「失礼ですがどちら様でしょうか？」

「大変失礼なことをして申し訳ございません」と、いち子は深く頭を下げた。

「私は豊科出身の者です。看護婦になりたての頃、信大附属病院で先生と同じ外科に勤めていて、先生には色々ご指導頂いた大林いち子と言います。結婚前には上條いち子と言いました。今は大阪に住んでいますが、この度所用があって実家に来ましたので、昔が懐かしくてこの辺りまで来てみたのです」

「そうでしたか」その女性は帽子を脱いで言った。

「どうぞ、椅子にお座りください」と、丁寧に言って車椅子をいち子の傍まで移動した。

「あなた、上條いち子さんですよ」

女性は車椅子の人の帽子を脱がせていち子に紹介したが、その人は怪訝そうな顔をしているだけで、何の反応もなかった。

いち子がはっきりとその人の顔を見たのは、その時であった。頭髪はほとんど白くなり、顔の皮膚は艶がなく皺が目立った。うつろな眼差しで、どこか遠くを見ているようであった。ただ、鼻と口元は昔と変わらなかった。

「昔、お世話になった上條いち子です」

再度声をかけた。すると、いち子に視線を向けたが、誰であるのか思い出せないようであった。傍にいた上品な女性が声をかけた。

「私は田岡の妻です。夫は四十歳代の初め頃より手足が震えるようになり、パーキンソン症候群といわれました。比較的に調子の良い日とそうでない日とありますが、症状は少しずつ進んできています。今では記憶も段々薄れて、思い出せないことが多く、あまり喋らなくなりました。歩くことも危なくて転びそうになりますので、車椅子を使っています」

「まあ、そうだったのですか。何も知らないものですから……」

いち子は何とも言えない虚しさを覚え、あまり長居をすべきではないと、早々にこの場を辞そうと思った。

「それでは先生、奥様、私はこれで失礼します。先生のご快復を心より祈っております」

傍の女性は優しく言った。

「あなたのことは結婚当初から夫より伺っています。夫はあなたのことをとてもいい人だったと言っていました……」

いち子は気恥ずかしかったが、逃げるような思いでその場を後にした。帰りの電車の中で「先生の奥様は心の大らかな人である」と思った。

翌日は、思い出のいっぱい詰まったF高原サナトリウムに行ってみようと思っていたのであるが、現在は療養所ではなくF高原病院として一般患者を診る病院になっているという。あまりの変わりようにまた一抹の寂しさを感じるような気がして、中止し大阪に帰ることにした。

弟夫婦はたくさんのお土産を持たせ、松本駅まで車で送ってくれた。

いち子は弟夫婦に心から感謝し「母さんをよろしくね」と言って、名古屋行きの振り子特急列車『しなの号』に乗車した。

暫く車窓から移りゆく春の信濃路を眺めていたが、心の中は色々な思いが蘇ってきた。

特に田岡先生については、人生の儚さ、切なさを様々と感じた。何不自由ない裕福な家庭に生まれ、文武両道の才能に恵まれ、若かりし頃は端正な甘い顔立ちで女性の憧れの的であったあの先生が、人生の半ばにして不治の病に倒れるとは……。

しかし、先生にはまだ救いがあった。あんなに優しい奥様がおられ、三人の子供に恵まれ将来も安心だから。

いち子は我が身を振り返ってみた。夫は自分と一言の言葉を交わすこともなく急逝してしまい、義母は晩年に痴呆症になり介護が大変であったが、もうあと二年すれば、介護保険制度が始まり、痴呆症の患者でも受け入れてくれるので、転倒し骨折しないで済んだかもしれないと思った。

義父、夫、そしてこの度は義母と次々に逝ってしまい、独りぼっちになってしまったが、私にはまだ働く場所があり、私を必要としている人たちがいるのだと思うと、いち子の心に希望が湧いてきた。

こう思うと気が楽になり、とろとろと微睡んでしまった。気が付くと、列車は早や大阪に近くなっていた。

完

著者プロフィール

久嵜 掬子（ひさざき きくこ）

昭和11年　広島県呉市生まれ
昭和36年　信州大学医学部卒業
昭和37年　大阪大学医学部附属病院第一内科入局
昭和56年　久嵜病院院長
平成11年　医療法人良秀会久嵜病院院長
平成14年　医療法人良秀会津久野藤井クリニック院長
平成21年　同クリニックにパートとして勤務、現在に至る
大阪府堺市在住

平成6年　書を須崎海園に師事、師範免許取得（雅号　掬泉）

著書
『茜雲』（2008年、文芸社）
『三方の海　母の愛は恩讐を越えて』（2012年、文芸社）

いち子

2021年5月15日　初版第1刷発行

著　者　久嵜 掬子
発行者　瓜谷 綱延
発行所　株式会社文芸社
〒160-0022　東京都新宿区新宿1－10－1
電話　03-5369-3060（代表）
03-5369-2299（販売）

印刷所　株式会社エーヴィスシステムズ

ISBN978-4-286-22494-7